COLLECTION

OBJETS D'ART

DE

la Chine et du Japon

BOIS SCULPTÉS — JADES ET STÉATITES — CRISTAUX DE ROCHE — LAQUES — ÉMAUX CLOISONNÉS — CÉRAMIQUE — IVOIRES — MÉTAUX — PEINTURES — MEUBLES — VITRINES. ETC.

APPARTENANT A

MM. D. F... et T. F...

Dont la vente aura lieu

les Mercredi, Jeudi, Vendredi, Samedi, 2, 3, 4, 5 Décembre

A L'

HOTEL DROUOT, salle N° 1

Mᵉ Ed. APPERT	MM. Henri & André PORTIER
COMMISSAIRE-PRISEUR	EXPERTS
16, rue Grange-Batelière, 16	24, rue Chauchat, 24

EXPOSITIONS :

PARTICULIÈRE : le Lundi 30 Novembre
PUBLIQUE : le Mardi 1ᵉʳ Décembre } de 1 heure 1 2 à 6 heures

CONDITIONS DE LA VENTE

———

Elle se fera expressément au comptant.

Les acquéreurs paieront dix pour cent en sus des enchères.

L'Exposition mettant les amateurs à même de se rendre compte de la nature et de l'état des objets, il ne sera admis aucune réclamation une fois l'adjudication prononcée.

48909-08. — CORBEIL. Imprimerie CRÉTÉ.

BOIS SCULPTÉ ET DORÉ

ı — **Grande châsse en bois sculpté, ajouré et doré, à personnages et incrustations de plaques de jade blanc avec socles et bouton lapis.** Au centre, dans une niche profonde formant autel, un Bouddha assis, les jambes croisées, la plante des pieds en dessus, sur les genoux, et deux personnages debout les mains jointes; tous trois, en jade blanc, ajustés sur des socles de lotus en lapis. Derrière le Bouddha grand nimbe triangulaire en bois polychromé, ajouré, sculpté en hauts reliefs des huit attributs symboliques (lotus, coquille, cloche, parasol, baldaquin, vase à couvercle, poisson et nœud). Au-dessus de la tête de la Divinité, dans le nimbe émerge un gros cabochon grenat. Entre les deux toits de la châsse se voient des vitres peintes au revers de paysages divers. Cette pièce à colonnettes mobiles, à galeries ajourées, est entièrement décorée, en reliefs d'or. d'attributs divers, de nombreuses appliques de jade blanc représentant des chauves-souris et des poissons. Les extrémités des colonnettes et le bouton au sommet du toit sont aussi en lapis. La niche se ferme au moyen d'une porte mobile vitrée et décorée. Entre les toits grande plaque de jade blanc gravée en creux de l'inscription en chinois : *Bouddha à l'âge sans limite. (Hauteur totale 0 m. 78; hauteur des personnages 0 m. 09 et 0 m. 14.)*

Cette pièce est abritée sous une vitrine en cuivre et glaces.

Beau travail du XIX*^e* siècle.

JADES

JADE BLANC

2 — **Grand vase jade blanc** couvert, à anses. Balustre à deux faces aplaties, gravé symétriquement tout autour d'ornements et attributs ; anses recourbées, couvercle et bouton gravés : socle ovale, bois sculpté et ajouré. *Hauteur du vase 0 m. 265 ; hauteur totale 0 m. 315.)*

3 — **Vase balustre à quatre faces, jade blanc**, épaulement élevé à quatre anses formées par quatre (Jouy) sceptres recourbés où, à chaque, pend un anneau mobile (pris dans la masse); couvercle et bouton à quatre côtés. Fines gravures en léger relief, tout autour, de zones, de palmettes triangulaires, de caractères géométriques et de visages de Taotiés barbus. Les petites palmes triangulaires et les barbes sont gravées entre les contours de carrés et de triangles à double trait parallèle, socle bois carré, base ajourée. *(Hauteur du vase 0 m. 155 ; hauteur totale 0 m. 18 ; épais. 0 m. 05.*

4 — **Vase jade blanc**. Cornet à renflement médian, faces aplaties, à quatre lobes, sculpté en relief d'hirondelles volant, de nénuphars et de vagues ; socle bois ovale, sculpté et ajouré. *(Haut. 0 m. 17 ; hauteur totale 0 m. 195).*

5. — **Petit vase jade blanc**, à deux oreillettes et deux anses
à anneaux mobiles sur socle bois finement sculpté et ajouré.
Balustre à deux faces aplaties, épaulement élevé, oreillettes
ornements ajourés, anses formées par deux longues feuilles
partant de la base, remontant vers le milieu du vase en se
recourbant et d'où pendent les deux anneaux. Ce petit vase
est gravé d'arbrisseaux à fleurs et feuillages stylisés. Socle
bois de la forme du vase, lobé, dentelé et ajouré. *Haut.
0 m. 105 ; hauteur totale 0 m. 12.*

6 — **Petite coupe jade blanc**, accolée comme anses de deux
calices de lotus formant coupes minuscules avec branchages
ajourés. Socle et couvercle bois sculpté, ajouré, nielé argent ;
bouton à champignon de jade. *(Haut. 0 m. 04 ; hauteur totale 0 m. 10 ; larg. 0 m. 10.)*

7 — **Petite coupe jade blanc** formée par une moitié de
grosse pêche de longévité, avec sa branche feuillue sculptée
et ajourée, comme anse. Socle bois sculpté d'enroulements
ajourés représentant des vagues. *(Haut. 0 m. 04 ; hauteur
totale 0 m. 085 ; larg. 0 m. 075.)*

8 — **Bloc de jade blanc** forme cubique élevée, à quatre faces,
sur socle bois, finement ajouré. Cette pièce, entièrement
ajourée, sculptée, provient de l'ancienne collection de
M. de Sémallé (voir M. Paléologue, *Art chinois*). *(Haut.
0 m. 07 ; hauteur totale 0 m. 10.)*

« Ce bloc de jade est un fouillis de fleurs, de tiges et de feuilles sculptées
à jour en couches superposées. Le travail est si légèrement traité, si profon-
dément fouillé qu'on demeure confondu à la pensée des prodiges d'habileté
réalisés pour ciseler cette dentelle de pierre dure, pour atteindre avec la bou-
terolle le centre du bloc, pour manœuvrer la pointe de l'outil à travers
l'enchevêtrement des couches superficielles. »

9 — **Plaque de jade blanc.** Bouton de mandarin (époque
Ming) en relief, sculpté et ajouré d'un dragon sur des brindilles à jours, encadré dans un panneau de bois, aussi

ajouré, au-dessus d'une autre petite plaque de jade grisâtre. Le tout encadré en bois de deux tons formant écran. (*Largeur des plaques 0 m. 08 et 0 m. 05; hauteur de l'écran 0 m. 28; larg. 0 m. 205.*)

10 — **Quatorze plaques de jade blanc** rectangulaires, de de grandeurs diverses, ajourées, sculptées d'animaux en forêt et enchâssées dans un couvercle bois sculpté recouvrant complètement un corps de boîte. La pièce complète forme une longue boîte en bois sculptée de salamandres, de feuillages, de grecques et de perles en bois, base ajourée. (*Longueur des plaques 0 m. 11 et 0 m. 075; longueur de la boîte 0 m. 39.*)

11 — (**Chû**). **Plaque jade blanc** rectangulaire, encastrée horizontalement dans un socle-support en bois ajouré. Cette plaque est gravée en relief de personnages debout sur rocher, près une chute d'eau, où se voit une branche de pin, et qui se termine en torrent. *Long. 0 m. 165; larg. 0 m. 06.* **Ancienne collection Sémallé.**

12 — **Coupe cylindrique jade blanc**, balustre, surbaissée à piédouche, ornée de grandes anses de l'orifice à la base, arête saillante au milieu de chaque face. Gravure en relief de deux mascarons de Taotié au-dessus de chaque arête, de zones d'animaux et d'ornements rectilignes divers et en creux, de deux bandes de petites grecques près l'orifice et à la base du piédouche. (*Haut. 0 m. 10; largeur aux anses 0 m. 18.*)

13 — **Petite coupe basse jade blanchâtre** à parties rosées; profil de l'orifice à huit lobes dentelés, anses à silhouettes rectilignes. Couvercle bois lobé, bouton pierre rouge; socle

bois sculpté à six pans. (*Largeur aux anses 0 m. 105 ; haut. 0 m. 025 ; hauteur totale 0 m. 09.*)

14 — **Vase jade blanc grisâtre**. Balustre épaulement élevé, sculpté en relief détaché d'un pigeon volant et d'un autre qui se pose à la gorge du vase ; rochers et vieux prunier fleuri ajouré contre le vase. Socle bois ajouré. (*Haut. 0 m. 095 ; hauteur totale 0 m. 105.*)

15 — **Petit flacon porte-fleur jade blanc**, balustre à quatre angles convexes et quatre faces intermédiaires parallèles rentrantes plates et unies. Les quatre angles lobés sont gravés en léger relief d'ornements géométriques s'entre-croisant. La gorge et le pied ont le même profil que la panse. A l'orifice monture en argent à fins rinceaux en relief dorés : tube en argent à l'intérieur, quatre trous aux angles pour y passer le cordonnet de soie. (*Haut. 0 m. 093.*)

JADE LÉGÈREMENT TEINTÉ

16 — **Plaque rectangulaire jade légèrement verdâtre**, posée horizontalement sur socle en bois sculpté et ajouré dessus et dessous. Les extrémités de la plaque sont recourbées en volutes. Gravure en relief et à jours dessus et dessous de philosophes, au milieu de paysages rocheux et boisés. (*Long. 0 m. 165 ; larg. 0 m. 057.*)

17 — **Bonbonnière lenticulaire jade légèrement verdâtre**, circulaire, gravée sur le couvercle, en relief, de chauves-souris, volant autour d'un ornement religieux ; le tout inscrit dans un cercle. Socle circulaire en bois ajouré. (*Diam. 0 m. 07 ; épais. 0 m. 03 ; hauteur totale 0 m. 05.*)

18 — Petite coupe jade verdâtre, circulaire, balustre à deux anses à têtes chimériques ; gravure en léger relief de visages stylisés de Taotié et d'ornements divers sur fond de petites grecques. Socle bois rond tourné à quatre pieds (*Largeur aux anses 0 m. 11 ; haut. 0 m. 048 ; hauteur totale 0 m. 07*).

19 — Coupe ovale, quadrilobée en jade légèrement verdâtre, orifice très évasé se terminant en finesse, unie à l'intérieur et gravée à la base et dessous régulièrement d'un chrysanthème et de ses feuilles. Socle bois rouge, ovale, ajouré. (*Long. 0 m. 155 ; haut. 0 m. 055 ; hauteur totale 0 m. 12.*)

20 — Coupe campanulée jade légèrementverdâtre, anses et socle bronzé doré. Cette coupe est gravée en légers reliefs tout autour et dessous de fleurs et de feuillages. Chaque anse remontant de la base en forme de grande feuille se termine par une courbe retombant en bouton. Socle en bronze doré, ciselé en relief de chauves-souris, nuages. *Largeur aux anses 0 m. 16 ; haut. 0 m. 08 ; hauteur totale 0 m. 125.*)

21 — Curieuse et grande bonbonnière aplatie en jade grisâtre légèrement bleuté ; intéressante par une difficulté du travail. Couvercle et bonbonnière d'un seul bloc. Grosse pêche de longévité aplatie avec sépale, feuillage et branches ajourées s'enchevêtrant formant tige ou anse à charnière et maintenant le couvercle à la partie inférieure de l'objet. Socle bois sculpté, ajouré de branches de pêcher avec feuillage et fruit. *Larg. 0 m. 15 ; épais. 0 m. 05 ; hauteur totale 0 m. 095.* **Ancienne collection de Sémallé.**

22 — Petit vase balustré jade légèrement verdâtre, les deux faces aplaties, anses ornements gravés et ajourés ; gravure en mince relief d'une pivoine et d'une tige de nénuphars, lignes brisées au talon. Socle ovale ajouré. (*Haut. 0 m. 12 ; hauteur totale 0 m. 14.*)

23 — **Petit vase jade légèrement verdâtre**, balustre cylindrique, forme canon, gravé en léger relief de pin, de prunier. Socle bois, finement sculpté et ajouré. (*Haut. 0 m. 11 ; hauteur totale 0 m. 13.*)

24 — **Petit vase jade légèrement verdâtre**, balustre, faces aplaties, oreilles verticales cylindriques, gravé en légers reliefs de fleurs aquatiques. Socle bois. (*Haut. 0 m. 11,5 ; hauteur totale 0 m. 13.*)

25 — **Coupe basse jade légèrement verdâtre**, ovale quadrilobée, sculptée et gravée à jours de trois dragons formant des anses ; à l'intérieur et dessous, gravures en creux de nuages. (*Grande largeur 0 m. 16 ; hauteur à une anse 0 m. 04,5.*)

26 — **Vase jade légèrement grisâtre**, ovale, à quatre lobes, couvert, à une anse grosse fleur stylisée, ajourée, de laquelle pend un anneau mobile ; à l'extrémité du vase grosse tête de bélier barbu en haut relief. Chaque côté de l'anse se termine par un long ornement qui descend vers la base de chaque face. Le tout, vase, couvercle, base et dessous est gravé et sculpté d'ornements et de fleurs stylisés. Au milieu des faces ornements recourbés ; bouton ajouré au couvercle, socle ovale, bois ajouré. (*Haut. 0 m. 10,5 ; hauteur totale 0 m. 17 ; grande largeur 0 m. 16.*)

27 — **Grand vase jade quatre faces en losange légèrement verdâtre**, grande anse dragon. Ce vase à faces unies est légèrement renflé près l'orifice, à la partie inférieure et au pied ; gravé en creux de grecques et sculpté en ronde basse et ajouré d'un grand dragon à queue à houppette qui l'enlace avec ses pattes. La tête du dragon émerge au-dessus du vase ; au côté opposé un nuage sculpté et ajouré, sur le sommet duquel se voit une boule sphérique

dépassant aussi le vase. Socle losangé, bois sculpté et ajouré. (*Haut. 0 m. 18; largeur du nuage au dragon 0 m. 12; hauteur totale 0 m. 215.*

28 — **Coupe basse circulaire jade légèrement verdâtre**, unie, gravée au centre en haut relief d'une branche de pivoine fleurie. Socle bois ajouré. (*Diam. 0 m. 14; épaisseur 0 m. 036; hauteur totale 0 m. 08.*

29 — **Grande coupe circulaire jade légèrement verdâtre**, anses horizontales, anneaux mobiles, socle bois. Cette grande pièce est ciselée de deux bordures de grecques et d'une large zone à boutons et d'ornements en relief; les anses, silhouettées en chauves-souris à plat, sont gravées d'ornements. Grand socle bois circulaire, rayonnant, panse rebondie, est sculpté et ajouré. (*Largeur aux extrémités des anses 0 m. 29; haut. 0 m. 08; hauteur totale 0 m. 15.*

3o — **Midzuïré, Godet à eau jade grisâtre**, formé par une chimère aplatie, à queue fourchue, sculptée en relief d'ornements divers. (*Longueur 0 m. 13.*

3ı — **Grande coupe jade gris verdâtre à deux taches jaunes**, à couvercle socle bois. La coupe et le couvercle sont entièrement ajourés de pivoines et feuillages ciselés entre deux zones étroites de grecques gravées en creux. Le bouton et les deux anses sont aussi entièrement ajourés. Le socle en bois lobé et dentelé est finement sculpté et ajouré dessus et autour. *Haut. 0 m. 165; hauteur totale 0 m. 21; largeur aux anses 0 m. 20.*

3ʒ — **Petit vase balustre jade grisâtre, faces aplaties**, oreilles à anneaux mobiles, gravé en léger relief d'ornements et de visages de Taotié. Socle ovale bois naturel. (*Haut. 0 m. 11; hauteur totale 0 m. 13; épais. 0 m. 045.*

33 — **Bloc en jade** grisâtre évidé tache noire, formant vase sans pied, cabossé irrégulièrement, gravé en relief de grecques, d'ornements géométriques divers, socle bois sculpté et ajouré de fleurs et feuilles. (*Haut. 0 m. 145 ; hauteur totale 0 m. 17.*)

34 — **Grand vase jade verdâtre, deux faces aplaties,** anses à anneaux mobiles avec au-dessous arêtes régulières, ajourées sur les deux côtés ; gravure en léger relief d'ornements religieux, couvercle gravé à bouton pointu. (*Haut. 0 m. 215 ; larg. 0 m. 125 ; hauteur totale 0 m. 28.*)

35 — **Vase jade verdâtre faces aplaties,** partie médiane renflée, dragon en ronde bosse, détaché du vase, grimpant et dépassant l'orifice ; dragonneau sur la panse exhalant un nuage ; panse gravée d'ornements. Socle bois finement ajouré. (*Haut. 0 m. 125 ; hauteur totale 0 m. 15.*)

36 — **Deux vases de jade gris accotés sur socle jade.** Le tout d'un seul bloc à jours ; dragons à queues fourchues enroulant les vases. (*Haut. 0 m. 13 ; larg. 0 m. 11.*)

37 — **Vase de jade grisâtre,** quelques taches noires, couvert, à panse très aplatie, à deux petites anses. Balustre à extrémités retombant en volutes, sculpté tout autour de deux chimères affrontées, séparées par une fleur et des ornements, les pattes posées sur une décoration de caractères à enroulements et à feuillages ; petit couvercle à gravures. Socle bois rectangulaire ajouré et à niellures de filets d'argent. *Haut. 0 m. 17 ; larg. 0 m. 19 ; épais. 0 m. 04.*

38 — **Petite applique de jade grisâtre,** presque plate à profil d'urne, à partie supérieure concave, gravée en creux d'une face de Taotié. (*Long. 0 m. 058 ; épais. 0 m. 005.*)

39 — **Vase jade jaunâtre**, balustre épaulement élevé, à anses silhouettées grecques ajourées; gravure en léger relief de visages de Taotié et de grandes palmettes triangulaires; couvercle à bouton cordé. Socle bois lobé, dentelé, ajouré, nielles en filets d'argent. *(Haut. 0 m. 175; hauteur totale 0 m. 20.)*

40 — **Vase jade brûlé à deux faces très aplaties**, balustre à anses dragons barbus ajourés, couvercle et socle bois. Ce vase est sculpté et gravé au milieu de la panse d'une large zone d'ornements et de visages de Taotié stylisés sur fond en creux de fines grecques entre deux petites bandes. d'ornements à un côté concave. Le bord de l'orifice et le bas du pied sont gravés en creux de grecques (leï ouen. Deux mascarons de Taotié à anneaux fixes à la gorge: gravure de grecques et de poissons stylisés au couvercle. Socle bois sculpté et ajouré de fleurs de champignons. *(Hauteur 0 m. 18; épais. 0m. 025; hauteur totale 0 m. 22.)*

41 — **Vase jade bleuâtre à faces très aplaties**, balustre, couvercle et socle bois. Gravure sur les deux faces de cartels de paysages animés de philosophes. Chien de Fò au couvercle et gravure de grecques. Socle bois ajouré niellé argent. *(Haut. 0 m. 115; hauteur totale 0 m. 11.)*

JADES AVEC TACHES BLEUATRES OU VERDATRES

42 — **Petit vase jade nuagé de taches vert d'eau**, balustre enclavé dans un socle bois ajouré, le dos aplati. *(Haut. 0m. 13.)*

43 — Coupe jade nuagé à taches vert d'eau, forme mortier, orifice à profil lobé, dentelé en forme de champignon, sculptée en haut relief d'un pied d'œillet et d'un prunier fleuri. La base et le dessous formant terrain sont sculptés. *(Haut. 0 m. 008 ; grande largeur 0 m. 11.)*

44 — Coupe jade nuagé de taches vert d'eau clair et foncé, basse, campanulée ; gravure au centre d'une branche fleurie couronnée de grecques (leï ouen) en creux. Socle béquille, bois sculpté et ajouré dessus et dessous. *(Diam. 0 m. 125 ; haut. 0 m. 03 ; hauteur totale 0 m. 09.)*

JADE VERT DE MER DÉGRADÉ

45 — Gros bloc de jade vert de mer dégradé, formant deux porte-bouquets et un porte-fleur composés : 1° d'une grosse fleur aquatique à extrémités supérieures en tentacules, au bout d'une branche tortueuse ; 2° d'un gros tronc duquel se détache une branche fleurie, et d'une mince et élancée branche de bambou. Un Fonghoang à queue fourchue est debout, une patte posée sur un célosis. *Haut. 0 m. 18.*

46 — Crapaud, jade gris tacheté de vert, accroupi prêt à s'élancer. Socle bois sculpté. *(Long. 0 m. 09.)*

47 — Pitong cylindrique vert de mer, entièrement sculpté, ajouré et ciselé d'oiseaux, d'arbres fleuris, de rochers, de pruniers et de grecques en creux aux extrémités. Petit socle bois circulaire fixement sculpté dont les pieds s'emboitent dans un autre socle à galeries ajourées, sculptées et à colonnettes tournées. *(Haut. 0 m. 20 ; hauteur totale 0 m. 30.)*
Collection de Sémallé.

N° 50 N° 48 N° 51

JADE VERT FONCÉ

48 — **Théière jade vert foncé**, sphérique, à couvercle, ornée d'une grande anse verticale trilobée, en argent doré, gravée de grecques qui se termine par deux têtes de chimères aux yeux de rubis à facettes. Cette théière est gravée à la panse de côtes de melon en spirales, bec oblique uni à huit pans. Couvercle à bouton de lotus gravé, autour, de feuillages. Haut socle bois sculpté ajouré, à cinq pieds de béquilles. (*Hauteur du jade (m. 12 ; hauteur avec l'anse et le socle 0 m. 27.*)

49 — **Porte-bouquet jade vert foncé**, formé d'un vieux tronc de pin, d'un calice de nénuphar et de champignons ; petite grue debout sur terrain. Socle en ivoire légèrement rose, sculpté, ajouré de pin, de célosis, de bambous. *Haut. 0 m. 095 ; hauteur totale 0 m. 11.*

5o — **Vase jade vert foncé**, cylindrique, tripode à couvercle, socle en jade blanc forme trépied. Le vase circulaire surbaissé, est sculpté en relief de masques de Taotié et de six arêtes saillantes ; anses têtes de chimères ailées stylisées d'où pendent des anneaux mobiles ; pieds à tête de chimères. Couvercle même décor, le bouton ajouré, sculpté d'une chimère recroquevillée se mordant la queue. Socle trépied jade blanc, trilobé aux trois extrémités et entièrement sculpté et ajouré de rosaces de fleurs et de feuillages ; le dessous entièrement évidé. (*Haut. 0 m. 175 ; largeur aux anses 0 m. 205.*)

5ı — **Coupe jade vert foncé**, cylindrique à piédouche, couvercle à gros bouton sculpté, ajouré. Gravure aux anses de scarabées élargis, au pourtour et au pied de zones d'ornements symétriques, de Taotié au couvercle de mêmes décors

avec fleurs et feuillages au bouton. Socle bois ajouré.
(*Haut. 0 m. 13 ; larg. 0 m. 05 ; hauteur totale 0 m. 18.*)

52 — **Grande carpe et carpillon jade vert foncé**, debout,
les écailles gravées, sur les vagues écumantes et ajourées ;
les bouches ouvertes forment porte-bouquet ; perle sacrée
sur le sommet d'une vague. Travail exécuté en ronde
bosse. Socle bois sculpté et ajouré de nénuphars et de
vagues. *Haut. 0 m. 20 ; hauteur totale 0 m. 26.*) **Collection
de Sémallé**.

53 — **Gros bloc de jade vert foncé**, à peu près demi-disque
s'amincissant vers le sommet, sculpté et ajouré de tous côtés
de paysages rocheux où poussent des pins sauvages animés
de personnages avec attributs divers. (*Haut. 0 m. 21 ;
larg. 0 m. 22 ; épaisseur à la base 0 m. 075.*)

54 — **Gros bloc de jade vert foncé**, demi-disque s'amincissant vers le sommet, sculpté et ajouré de tous côtés de
paysages animés de personnages, d'animaux près habitations
entourées de pins tortueux et de hauts rochers boisés.
Grand socle ovale en bois. (*Haut. 0 m. 13 ; hauteur totale
0 m. 31 ; larg. 0 m. 37 ; épaisseur à la base 0 m. 09.*)

55 — **Gros bloc de jade vert foncé**, même forme, décor
similaire au précédent. Grand socle bois sculpté d'ornements en relief. (*Haut. 0 m. 215 ; hauteur totale 0 m. 35 ;
larg. 0 m. 40 ; épaisseur à la base 0 m. 10.*)

JADE NOIR

56 — **Hanap en jade noir**, forme chope à couvercle ; anse à
tête de chimère en ronde bosse. Gravure en relief de parties
antérieures d'oiseaux fantastiques et de chimère dont les

parties supérieures sont continuées par de grandes grecques
sur fond de petites grecques en creux ; les trois pieds sont
formés de masques de Taotié. Couvercle gravé en creux de
Taotié et sculpté en haut relief de petits animaux chimériques. Socle bois jaune à lobes de différentes dimensions,
sculpté de têtes chimériques et gravé en creux de grecques.
Haut 0 m. 11 ; hauteur totale 0 m. 15.

JADE GRISATRE A TACHES NOIRES

57 — **Tronc en jade grisâtre à taches noires.** Prunier
autour duquel poussent des branches fleuries en relief et
ajourées. Socle bois plat à jours. (*Haut. 0 m. 125 ;
hauteur totale 0 m. 145.*

STÉATITE

PIERRE DE LARD

58 — Grand écran rectangulaire formé d'un grand panneau en stéatite teintée, de o m. 51 de large sur o m. 38 de hauteur, représentant un paysage agreste sculpté en haut relief d'un enfant bouvier jouant de la flûte à califourchon sur un bœuf : d'un autre bœuf paissant, de rochers, de cours d'eau, de pins. Monture en bois noir ajourée de grandes grecques à angles arrondis. (*Largeur de l'écran 0 m. 77 ; hauteur totale 0 m. 76.*)

59 — **Stéatite**. Brûle-parfum couvert, formé d'une chimère, licorne à quatre pattes, panse ventrue, queue stylisée, sculpture en fort relief de frisons, d'un collier de grelots; d'ornements et d'ajours à la panse et à la queue. (*Haut. 0 m. 175.*)

60 — **Stéatite**. Petit bloc ajouré sculpté de singe, fruits et feuillage sur socle rond. (*Haut. 0 m. 08.*)

PIERRES DE COULEURS

61 — **Jardinière agate jaspée rectangulaire allongée**, basse, nuagée de nombreuses taches brunes de différents tons. Socle bois finement sculpté et ajouré. (*Long. 0 m. 135 ; larg. 0 m. 05 ; haut. 0 m. 07.*)

QUARTZ HYALIN, TEINTÉ ET DE COULEURS ; FLACONS-TABATIÈRES

CRISTAL DE ROCHE

62 — Grand vase entre un tronc de bambou et un tronc de pin, en cristal de roche. Le vase du milieu, balustre à faces aplaties à deux anses silhouettées grecques, est surmonté d'un couvercle à Chien de Fô et gravé d'une bordure de grecques. Les troncs d'arbres moins hauts sont reliés au vase par leurs branchages.

Fonghoang et champignon sur le terrain. Socle bois sculpté très ajouré. (*Haut. 0 m. 24 ; larg. 0 m. 175 ; hauteur totale 0 m. 28.*)

63 — Plaquette de cristal de roche, forme violon aplati silhouetté par des chauves-souris et des oiseaux. Gravure d'ornements stylisés. (*Long. 0 m. 075 ; épais. 0 m. 013.*) *Ancienne collection de Sémallé.*

64 — Grosse sphère cristal de roche, givrée par endroits. Socle concave verre bleu. (*Diam. 0 m. 11.*

65 — **Carpe et carpillon cristal de roche**; la carpe à bouche ouverte formant porte-bouquet. Les deux poissons sont debout sur leur queue, encastrés dans un socle en bois sculpté de vagues écumantes. (*Haut. 0 m. 15; hauteur totale 0 m. 175.*) **Ancienne collection de Sémallé. Voir Art chinois.** *de M. Paléologue.*

66 — **Vase cristal de roche**, balustre à huit pans et son socle aussi en cristal, le tout d'un seul morceau ; couvercle bouton évidé, anses grecques ajourées. Ce vase est à deux faces et deux côtés plats, et les quatre autres pans intermédiaires, formant angles, sont légèrement concaves. Gravure à la base. *Haut. 0 m. 14.*)

67 — **Garniture de cristal de roche montée sur socles bois finement sculptés et ajourés.** Cette garniture est formée : 1° d'un petit vase couvert formant jardinière ovale autour de laquelle grimpe un dragon à queue fourchue et où se trouve un grand Fonghoang près un pêcher qui pousse contre le vase. Gravure en creux sur le vase. Teinte verdâtre au pêcher et au Fonghoang : couvercle à fruits ; 2° fleur de lotus, formant porte-bouquet et élevée sur tiges et feuilles entourées de célosis. Ces deux pièces sont posées sur deux petits socles en bois supportés eux-mêmes par deux plus grands non séparés, sculptés et ajourés. (*Hauteur du petit vase 0 m. 085 ; hauteur de la fleur 0 m. 11 ; hauteur totale 0 m. 20.*) **Ancienne collection de Sémallé.**

68 — **Petite gourde flacon cristal de roche.** gravée en creux de brindilles et entourée de neuf gourdes minuscules pendantes et formant pieds : socle bois triangulaire ajouré. (*Haut. 0 m. 07 ; hauteur totale 0 m. 09.*

CRISTAL FUMÉ

69 — **Théière ovoïde cristal fumé**, couverte, garniture argent gravé. Déversoir à quatre pans, anse trilobée, aplatie ; couvercle chien de Fô : monture métal à l'orifice et au bord du couvercle. Socle hexagonal sculpté et ajouré. *(Haut. 0 m. 14 ; hauteur totale 0 m. 17.)*

70 — **Vase couvert et son pied cristal fumé**, givré noir d'amas d'herbes en forme de balais. Balustre à deux faces aplaties, épaulement élevé, anses têtes de chimères cornues, gravure d'un prunier fleuri ; pied gravé ; couvercle Chien de Fô se mordant la queue. *Haut. 0 m. 16.*

QUARTZ TEINTÉ

71 — **Coupe opale**, ovale, quadrilobée, gravée d'une bande de grecques en creux près l'orifice : taches brunâtres. Socle bois même forme, sculpté, ajouré. *(Haut. 0 m. 04 ; long. 0 m. 097 ; hauteur totale 0 m. 07.)*

72 — **Coupe agate grise mamelonnée**, formée d'une moitié de pêche creuse avec sa tige formant anse. Socle bois ajouré et sculpté. *Haut. 0 m. 055 ; longueur à l'anse 0 m. 128 ; hauteur totale 0 m. 075.*

73 — **Coupe et plateau agate grise mamelonnée**. Coupe campanulée, anses courbes à têtes de dragons aplaties, nuagées et givrées de parties verdâtres. Plateau ovale quadrilobé. *Hauteur de la coupe 0 m. 06 ; largeur prise aux anses 0 m. 125 ; longueur du plateau 0 m. 21.*

74 — **Coupe ovale agate blonde,** moitié de melon d'eau avec sépales et branchages ajourés, formant anse avec grenouille dessus. Socle bois sculpté ajouré. (*Long. 0 m. 135 ; haut. 0 m. 085.*)

75 — **Fleur aquatique agate laiteuse veinée** blanchâtre, formant porte-bouquet, striée de veines blanches (*Haut. 0 m. 095.*)

76 — **Plaquette ovale agate herborisée.** ornée dans le corps de la pièce d'un dessin naturel représentant des algues noirâtres. (*Long. 0 m. 078.) Ancienne collection de Sémallé.*

77 — **Coupe agate grise mamelonnée.** avec tige formant anse ; vieux tronc de prunier, bossué, avec branchages et fleurs. Socle bois sculpté et ajouré. (*Haut. 0 m. 08 ; hauteur totale 0 m. 095.*)

78 — **Bloc informe agate roulée.** (*Long. 0 m. 04.*)

QUARTZ DE COULEURS

79 — **Bloc d'améthyste.** représentant des rochers maritimes, d'où émergent deux têtes de dragons en ronde bosse (*Haut. 0 m. 06 ; larg. 0 m. 085.*)

80 — **Améthyste.** représentant Poutaï assis, le bras gauche appuyé sur une urne renversée et l'avant-bras droit posé sur son genou droit relevé. Socle bois lobé, ajouré et niellé en fils d'argent de visages de Taotié. de grecques et d'ornements symétriques. (*Haut. 0 m. 07 ; larg. 0 m. 08 ; hauteur totale 0 m. 10.*)

8ı — **Améthyste**. Vase balustre rectangulaire, s'élargissant
vers l'épaulement ; enroulé en haut relief d'un grand dragon à queue fourchue et de nuages au-dessus desquels
volent des chauves-souris, palmettes gravées à la gorge ;
bordure de grecques à l'orifice ; deux mascarons chauves-
souris et caractères du bonheur. Couvercle et socle bois
gravés et ajourés. *Haut. 0 m. 155 ; hauteur totale 0 m. 22.*

82 — **Améthyste**. Petit flacon porte-fleur formé de deux fleurs
de magnolia accolées. *(Haut. 0 m. 055.*

83 — **Agate**. Tronc de gros pêcher forme ovale cylindrique à
parties blanches, veines rouges nuagées brun : sculpté en
fort relief de cerf, grue, champignons et de grosses branches
de pêcher avec fruits et feuilles. Socle bois sculpté et ajouré
de rochers. *(Haut. 0 m. 11 ; larg. 0 m. 14 , hauteur totale
0 m. 165.*

84 — **Onyx**. Vase balustre ovale à faces aplaties. gravé en creux,
à l'orifice et au talon, de grecques ; veine jaune et blanc rosé.
(Haut. 0 m. 15.

PIERRES DE COULEURS

85 — **Lapis-lazzuli**. Bloc de rochers à parcelles métalliques et
à filets blancs verticaux et parallèles : sculpté d'un kiosque,
d'érables et de pins sauvages. Socle bois jaune sculpté et
ajouré de pins. chrysanthèmes, pêchers dans des rochers.
(Haut. 0 m. 12 ; larg. 0 m. 08 : hauteur totale 0 m. 155.

86 — **Malachite**. Bloc de rochers pouvant former porte-pin-
ceaux. Socle bois naturel à six petits pieds. *Haut. 0 m. 065 ;
long. 0 m. 125 ; hauteur totale 0 m. 085.*

86 *bis* — **Malachite**. Bloc sculpté d'un cerf accroupi sur terrasse près un cours d'eau, d'une chauve-souris et d'une grue volant vers un pin ; au revers, branche de pêcher retombante. (*Haut. 0 m.095 ; hauteur totale 0 m. 13.*)

QUARTZ DE COULEURS

87 — **Bloc agate, cornaline et calcédoine**. Grande carpe rouge stylisée à queue dentelée, tortillonnée, semblable à celle d'un hippocampe : écailles gravées ; accolée d'un poisson rouge minuscule exhalant un nuage et de nuages et d'une perle en blanc. Socle bois sculpté ajouré de vagues, de lotus et de grenouilles. (*Haut. 0 m. 11 ; hauteur totale 0 m. 185.* **Ancienne collection de Sémallé.**

88 — **Grand bloc agate, cornaline et calcédoine formant trois porte-bouquets**. Deux grosses pivoines rouges et fleur de lotus blanche avec leurs tiges et feuillages. Socle sculpté, ajouré de fleurs aquatiques. (*Long. 0 m.23 ; haut. 0 m. 105 ; épais. 0 m. 085 ; hauteur totale 0 m. 13.*) **Ancienne collection de Sémallé.**

89 — **Petite urne agate, cornaline rouge à partie blanchâtre**, ovale, pansue, mascarons à anneaux, gravée en creux d'ornements. (*Haut. 0 m. 055 ; grande largeur 0 m. 075.*

90 — **Grand vase marbre**, jaune brun givré ; quadrilobé à l'orifice, balustre à côtés renflés, anses. (*Haut. 0 m. 11.*)

91 — **Petit bloc de matière rouge fondue** imitant la cire à cacheter. Trois philosophes debout avec attributs ; socle bois (*Haut. 0m.08 ; hauteur totale 0 m. 095.*)

FLACONS-TABATIÈRES

92 a — **Flacon-tabatière améthyste**, ovoïde, faces aplaties, gravé en relief de zones d'ornements et de feuilles stylisées.

92 b — **Flacon-tabatière aventurine**, large et aplati.

92 c — **Flacon-tabatière agate blonde à couche deux tons**, gravé en relief de personnages élevant de grandes feuilles, comme parasols.

92 d — **Gros flacon-tabatière agate mousseuse**. aplati, givré en herbages, deux mascarons visages de Taotié, à anneaux fixes.

92 e — **Flacon-tabatière agate rosée à taches cornaline**. ovoïde. à veines et taches foncées, deux mascarons à anneaux fixes.

92 f — **Flacon-tabatière émail**, ovoïde. jaune. strié obliquement de nuagé gris et taches rouges.

92 g — **Flacon-tabatière agate veinée**, rosâtre. deux mascarons à anneaux fixes. striée perpendiculairement de fines lignes blanches et taches rouges.

92 h — **Flacon-tabatière émail**. circulaire, faces aplaties. gouttes d'émaux d'opale bleutée. de rouge sur fond vert foncé : rehauts de poudré et de paillonné d'or.

92 i — **Flacon-tabatière silex aggloméré**. ton chamois. circulaire. faces aplaties. caillouté de taches de différents tons semblant incrustés.

92 j — **Flacon-tabatière jaspe mousseux**, vert foncé. nuagé rougeâtre. balustre à renflement.

92 k — **Flacon-tabatière agate mousseuse**. circulaire. brun rosâtre, faces aplaties, givré vert foncé et blanchâtre.

LAQUES

LAQUES CHINOIS

93 — **Grande boîte laque rouge de Pékin,** de o m. 48 de
diamètre, circulaire, aplatie, à couvercle. Entièrement ciselée en relief d'un paysage où se voient des personnages, sur
une haute terrasse et à terre, portant tous divers attributs
de bonheur, de richesse, de longévité ; en haut, au-dessus
des nuages, une Divinité, assise sur un Fonghoang volant
qui se dirige vers un groupe de vieux philosophes. Le
paysage est composé de hauts rochers et d'arbres d'essences
différentes : érables, pins, etc. A la chute du couvercle et
tout autour de la boîte fines ciselures. Les reliefs du
couvercle s'enlèvent sur fond gravé en creux de grecques,
de losanges et d'octogones irréguliers au milieu desquels
se trouvent de minuscules swastikas. Intérieur et dessous
laqué noir. (*Diam. 0 m. 48.*) ***XIX* siècle**.

94 — **Table-tabouret même laque,** à deux plateaux et
quatre montants élevés. Ciselure sur le plateau supérieur
de deux cartels accolés représentant un paysage avec philosophe et enfant se dirigeant vers un ponceau, au milieu d'un
parc arrosé par cours d'eau traversés par de nombreux
petits ponts entre rochers et grands arbres. Au bord de ce
plateau, le long des montants, au plateau inférieur et au pied,

ciselure en relief de fruits, de fleurs et d'un médaillon en réserve d'oiseau fantastique entouré de fleurs. Les fonds des deux plateaux sont gravés en creux de grecques, de losanges et d'hexagones dans lesquels sont inscrites des rosaces étoilées stylisées. *(Haut. 0 m. 43.)* **Commencement du XIX⁰ siècle.**

95 — **Œuf d'autruche laqué.** Élégante théière ovoïde formée d'une grande coquille d'œuf tacheté à monture argent doré filigrané. Le bec à dragons, l'anse, l'orifice, le couvercle et le pied sont finement décorés d'ornements divers en filigrane. *(Haut. 0 m. 13.)*

LAQUES JAPONAIS

96 — **Petite boîte en laque d'or à tons très doux.** quadrilobée. rectangulaire à angles rentrants. Le fond est recouvert d'un minuscule poudré : l'intérieur est entièrement aventuriné : plateau mobile de même forme à l'intérieur. Cette boite est décorée au couvercle d'un buisson de pivoines en ors de différents tons. Le petit plateau est recouvert de feuilles d'érable nageant à la surface d'un cours d'eau. Fermeture et serrure à secret en argent. *(Long. 0 m. 07 ; épais. 0 m. 02.)* **Fin du XVII⁰ siècle.**

97 — **Bonbonnière hexagonale laque d'or** uni à l'extérieur, cerclée aux bords en étain, aventurinée à l'intérieur. Décor au couvercle d'un vieux prunier fleuri. nain, dans sa jardinière. A l'intérieur. plateau mobile. Or à tons très doux et

pluie fine d'imperceptible poudré d'or. Paillons d'or carrés minuscules au prunier. (*Larg. 0 m. 11.*) *Fin du XVIIe siècle.*

98 — **Petite boîte à fard laque d'ors à tons atténués,** formée par un papillon volant, décorée en reliefs de chrysanthèmes avec brindilles sur ornements géométriques. Incrustations de burgau. Intérieur et dessous aventurinés. *Fin du XVIIe siècle.*

99 — **Petit support d'armure en laque d'or**, formé par une table circulaire, tripode à deux plateaux et à montants élevés à profil de sablier. Sur le plateau inférieur est posée une cuirasse en deux parties s'emboitant et formant boîte ajourée entre les bretelles. Sur le plateau supérieur se pose un casque mobile, en deux parties, formant boîte à parfums. Ce support est finement aventuriné et en or uni à tons chauds et adoucis. Le tout est décoré de fins ornements et attributs en or de différents tons et harmonieux. (*Haut. 0 m. 15.*) *Fin du XVIIe siècle.*

100 — **Petit plateau rognon laque d'or** formé par deux lobes. Fond d'or uni et nuagé décoré de rochers, à fins pavages d'or, du haut desquels retombe une chute d'eau; gros pins tortueux au bord de la mer. Dessous, décor d'un vol de grues sur fond aventuriné. (*Long. 0 m. 12.*) *Atelier des Kajikawa. Commencement du XVIIIe siècle.*

101 — **Petite boîte rectangulaire laque d'or et aventurine.** Couvercle et boite décorés en relief d'un paysage maritime avec paillons et pavages minuscules et réguliers de pépites d'or. Paysage animé de pêcheur, habitation et cascade. Les bords du couvercle en or uni avec petits ornements. (*Long. 0 m. 17 ; haut. 0m. 11.*) *Atelier du Kajikawa. Commencement du XVIIIe siècle.*

102 — **Petite boîte ovale quadrilobée laque d'or** aventuriné et en relief. Décor au couvercle et autour de la boîte de
paysages maritimes avec cascades, rochers et habitations à
fins pavages minuscules réguliers en or ; aventurine dessous
et dedans. (*Long. 0 m. 19 ; haut. 0 m. 125.*) **Atelier des
Kajikawa. XVIII' siècle.**

103 — **Petite boîte laque d'ors de différents tons** formée par
deux rectangles conjugués. Décorée au couvercle de paysages
montagneux et maritimes avec vol de grues et de mouettes
sous un ciel nuageux au-dessus de vagues se brisant contre
les rochers. Autour, fleurettes et oisillons au-dessus des
flots. (*Grande longueur prise entre les angles 0 m. 13 ;
haut. 0 m. 045.*) **Atelier des Kajikawa. XVIII' siècle.**

104 — **Petite boîte laque d'or,** rectangulaire, angles arrondis, intérieur aventuriné. Au couvercle, décor d'une Dame
noble à vêtement somptueux finement orné de rosaces stylisées à minuscules paillons d'or et de brindilles, le vêtement
de dessous en laque rouge. Cette Dame, tenant à la main
un éventail, est debout sous un store relevé. tournée vers
un jeune chat qui joue avec les rubans tombant d'un attri-
but de fête. Le visage est réservé en ivoire. Autour : prunier, chrysanthèmes, bambous en laque d'or et incrustations
en relief polychromes. (*Long. 0 m. 11 ; haut. 0 m. 55.*)
XVIII' siècle.

105 — **Écritoire laque d'or aventuriné,** rectangulaire à
bords biseautés, angles à pans coupés. Au couvercle paysage
maritime avec temple sur un haut rocher, pins sauvages
et autre habitation au bord de la mer. Au ciel vol de grues,
fuyant de gros nuages et se dirigeant vers d'autres grues
debout sur des rochers. Dessous le couvercle grand faisan
debout, une patte levée, sur un rocher entouré de pins, de

chrysanthèmes au bord de l'eau. A l'intérieur un compte-gouttes en métal, pierre à encre de Chine, plateau mobile pour poser les pinceaux ; décor dans le sentiment de celui du couvercle. Nombreux endroits incrustés de fins paillons de pépites d'or. (*Long. 0 m. 22.*) **Atelier des Kajikawa. XVIII° siècle.**

106 — **Boîte d'écritoire laque d'or frotté**, rectangulaire, à bords et angles arrondis, décorée au couvercle sur fond noir d'une grosse tortue de mer émergeant des flots ; le ciel et le dessus de l'eau sont finement poudrés de nuages et de brouillards d'or, ainsi que le bord où pousse une maigre tige de bambou. Intérieur finement aventuriné. (*Long. 0 m. 24.*) **Atelier de Shunsho. XVIII° siècle.**

107 — **Boîte d'écritoire laque d'or** aventuriné, rectangulaire, bords biseautés. Couvercle décoré de feuilles d'éventail en relief et retombantes sur un côté. A l'intérieur : constructions et abris couverts en chaume de paille de riz entourés de pins tortueux et de fleurettes. (*Long. 0 m. 22.*) **Fin du XVIII° siècle.**

108 — **Boîte d'écritoire laque d'or à intérieur aventuriné**, rectangulaire à bords arrondis. Le couvercle est décoré d'un personnage coiffé, assis sur le dos d'un bœuf et se tournant vers la partie postérieure de l'animal laqué brun et pommelé de taches argentées. Le personnage en laque d'or et d'argent, au vêtement finement décoré de rinceaux, conduit le quadrupède au moyen d'une longe cordée. Les cornes du bœuf sont en écaille. Ce groupe est complètement environné d'une pluie de paillons minuscules en laque d'or. L'intérieur est décoré de rochers battus par les flots et éclairés par un soleil couchant. (*Long. 0 m. 22*) **XVIII° siècle.**

109 — **Petite boîte laque d'or**, rectangulaire, aventurinée à l'intérieur avec plateau mobile. Au couvercle, strié de nuages, grande urne dans paysage rocheux avec pin, cascade, grues, fleurettes et attributs de divinité. Autour, triangles de décors différents en ors divers. A l'intérieur, plateau mobile. Rochers et arbres paillonnés d'or. Incrustations de nacre et corail. *(Long. 0 m. 11 ; haut. 0 m. 45.)* **Signée Schoriousaï. XVIII° siècle.**

110 — **Petite bonbonnière laquée, fin poudré d'or et aventurine**, octogonale, à décorations cernées de fins burgautés. Décorée au couvercle de papillons volants affrontés en minces feuilles de burgau et dont les corps et les ailes sont rehaussés de fins filets de laque d'or. A la chute du couvercle et au-dessous en réserve huit trigrammes (en forme de Pakoua) en bambou tressé cerné de burgau. Autour, huit pans entièrement incrustés d'étoiles en burgau. Intérieur laque rouge. *(Larg. 0 m. 08 ; haut. 0 m. 025.)* **XVIII° siècle.**

111 — **Grande boîte laque d'or.** rectangulaire à angles rentrants, décorée dessus et autour sur fond aventuriné de pousses de pins, de dents de lion et d'herbages au-dessus duquel voltigent des papillons. A l'intérieur, grand plateau mobile. Le tout entièrement aventuriné. *(Long. 0 m. 41.)* **Fin du XVIII° siècle.**

112 — **Grand plateau laque d'or**, formé par trois éventails de formes diverses et de laques de différents tons, décorés en relief : 1° d'un grand paon et paonne au milieu de pivoines sur fond or uni ; 2° d'attributs, table, plantes naines sur fond noir rayonnant ; 3° de branches de vigne sur bois naturel ; dessous aventuriné. *(Long. 0 m. 34.)* **Beau travail du commencement du XIX° siècle.**

113 — Grande coupe noire et laque d'or, hexagonale, reposant sur six pieds et soutenue au milieu en dessous par un support triangulaire. Décorée à l'intérieur et à l'extérieur de tortues marines, de vagues, de mons impériaux, de branches d'érable, de bambous, narcisses fins. *(Haut. 0 m. 16,5.) Commencement du XIX* siècle.*

114 — Grand plateau rectangulaire laque noir et or, à angles rentrants, décoré sur fond noir d'un oiseau sur branche d'érable, fleurs en nacre. *(Long. 0 m. 43.) XIX* siècle.*

115 — Boîte ovale quadrilobée en laque d'or, entièrement recouverte, décorée dessus et autour de cultivateurs travaillant dans rizières, près d'habitations entourées de pins, de rochers, de pont. *(Long. 0 m. 11; haut. 0 m. 55.) XIX* siècle.*

116 — Boîte ovale noire et or, à couvercle concave en forme de valve d'awabi, décorée en relief d'insectes, et poudrée : intérieur et dessous aventurinés. *(Grande largeur 0 m. 10.) Commencement du XIX* siècle.*

117 — Grande coupe noire. rouge et or, creuse, quadrilatérale. angles arrondis, décorée à l'intérieur sur fond rouge en laque d'or d'un kilin en relief courant dans un disque nuagé d'or, nuages en or près les bords ; à l'extérieur. sur noir en reliefs d'or. branches de pins, de pivoines et oiseaux. *Haut. 0 m. 09 ; larg. 0 m. 16. Beau travail du XIX* siècle.*

118 — **Grand coffret noir et or,** rectangulaire, couvercle à charnières et serrure, décoré de grues volant au-dessus de buissons fleuris. *(Long. 0 m. 30.) Signature : Toyokouni Riouyensaï. Commencement du XIX⁰ siècle.*

119 — **Nécessaire à papeterie et à correspondance en noir et or.** boite rectangulaire, aventurinée, décorée en relief de laque d'or. Cette boite avec son contenu est ce qu'on appelle « Bonheur du jour ». Elle se développe en un pupitre à abattant en velours. Poignée. charnières, serrure et garnitures aux angles en métal argenté. Ce meuble, une fois ouvert, montre de nombreuses cases à papiers, à timbres, à plumes, et un encadrement mobile, maintenu par un secret, dans lequel on peut mettre ou un miroir ou une grande photographie. Décor général. en laque d'or et en hauts reliefs de grues. de pin. de prunier. *Larg. 0 m. 50. XIX⁰ siècle.*

120 — **Deux vases laque d'or,** hexagones, à panses rectangulaires. gorges et pieds concaves. Incrustés en relief sur faces principales de matières précieuses polychromes, d'oiseaux, de fleurs. d'arbrisseaux sur fond d'or bruni à l'aspect métallique; les petits côtés plus étroits sont décorés dans des parallélogrammes irréguliers. d'ornements différents en filets dorés; chaque face est cernée par un encadrement en or d'un autre ton. Gorges et pieds en fond noir décoré or. d'oiseaux de Hô, fleurs de Kiri. de rinceaux or et d'incrustations en relief. *Haut. 0 m. 20. Beau travail du XIX⁰ siècle.*

121 — **Paire de potiches laque d'or uni,** bruni. à l'aspect métallique. Incrustation de matières précieuses polychromes en relief, d'enfants jouant aux soldats avec drapeau. cymbales. tambour. trompettes, etc., sur fond or uni. Cou-

vercles à boutons pointus à seize décors différents et rayonnants en or de tons divers. Socle bois circulaire.
(Haut. 0 m. 125.) Beau travail du XIX⁰ siècle.

122 — **Petit meuble rectangulaire laque noir et or.** formé
par trois boîtes rectangulaires recouvertes dessus et aux
angles par une table dont les montants reposent sur un
socle en laque de même décor. Les trois boîtes, non couvertes. à fond d'or uni à tons doux, contiennent un plateau
mobile et trois autres petites boîtes couvertes. Le grand
couvercle formant table est décoré au plateau d'éventails
ornés eux-mêmes sur fond or presque mat; le tour et les
pieds de table sont en noir. décorés d'ornements. d'oiseaux
fantastiques et de nuages. Par endroits rares incrustations
en nacre. ivoire, etc. *(Haut. 0. m. 125; larg. 0 m. 13.)*
Commencement du XIX⁰ siècle.

123 — **Grande et magnifique garde laque d'or,** quadrilobée,
laquée d'ors en relief. sur fond or bruni ayant l'aspect d'un
bloc de métal serti au centre et autour de garnitures en
argent. Cette pièce est sculptée et gravée en relief de fines
et chatoyantes incrustations en écaille. nacre, ivoire,
corail. A l'avers se voit un passeur, marchant dans l'eau,
portant. à califourchon sur ses épaules, une jeune femme :
devant lui, et encore dans l'eau, est un ôni se dirigeant
vers la rive au talus montant vers un temple, au loin. Au
revers même fond. mêmes incrustations : trois pigeons
polychromes et grande branche de glycines. Les terrains
sont paillonnés de pavages réguliers de pépites d'or et les
sinuosités du cours d'eau sont de différents tons d'ors
harmonieux. *(Long. 0 m. 125. Beau travail du XIX⁰ siècle.*

124 — **Grande et belle gourdi laque d'or,** à panses en
forme de disques à faces aplaties. Les disques centraux
sont en fond d'or uni à l'aspect métallique décorés en relief
de matières précieuses polychromes représentant des

dragons, des fleurs, des oiseaux, des attributs divers. Autour de cette décoration rayonnent douze secteurs à décors d'ornements différents alternés. A la gorge et au pied, décor de dragons de perles et d'ornements sur noir granité de paillons minuscules. Autour de la partie centrale sinuosités de minuscule poudré d'or ombré pour imiter les veines du bois. Dedans et dessous aventurine. *Haut. 0 m.365; diamètre du disque central 0 m. 21.* **Beau travail du XIX° siècle.**

125 — **Deux bouteilles laque d'or bruni à l'aspect métallique.** Balustres à épaulements concaves, col allongé renflé à l'orifice; incrustations polychromes en relief d'oiseaux; décoration de grues, de pivoines, d'herbes, de grecques et de fins paillons d'ors. Socles circulaires tripodes laque noir ornés en laque d'or. *Haut. 0 m. 11; hauteur totale 0 m. 155.* **Beau travail du XIX° siècle.**

126 — **Grande boîte laque d'or**, rectangulaire, à charnière et serrure, aventurinée, décorée en relief de pivoines, grues, rochers et fleurettes. *Long. 0 m. 35. XIX° siècle.*

127 — **Cabinet laque rouge**, rectangulaire, à porte se coulissant et tiroirs, poignée bronze, garnitures métal argenté; décoration en haut relief de paysages rocheux, de branchages, d'attributs en matières précieuses polychromes et en laque à la fermeture, autour et aux tiroirs. Gravure au dos de la porte à coulisse. *Haut. 0 m. 20. XIX° siècle.*

128 — **Grande boîte laque noir et or** à plateau intérieur mobile, décorée en laque d'or de gallinacés près d'une haie; bambou, prunier dessous et autour; intérieur aventuriné nuage. *Haut. 0 m. 16; long. 0 m. 11; larg. 0 m. 31.*

128 *a* -- **Un panneau laque noir et or**, rectangulaire, décoré en laque d'or de paysage maritime avec bateaux à voiles incrustés de métaux précieux et burgau; dessous fleurs, attributs, incrustations. (*Long. 0 m. 25.) Signature : Sakiyonojo Ikoyoshi.*

128 *b* — **Une boîte forme rognon laque noir et or**, décorée en relief et à plat en or d'un gros prunier et d'un paysage avec cours d'eau : aventurine dessus et dessous. *Long. 0m. 18. XIX° siècle.*

129 — **Petite boîte laque d'or à huit faces irrégulières racine naturelle**, à parties aventurinées et paillonnées d'or : à l'intérieur, poésie sur fond nuagé d'ors divers et aventuriné. (*Haut. 0 m. 07 ; long. 0 m. 09.) XIX° siècle.*

INRO EN LAQUE ET BOIS

130 — **Inrô laque d'or à contours en laque tsuïtshu**, quatre cases. Les deux faces finement poudrées, et décorées en relief de laque d'or de philosophes assis sur un tertre près un rocher au bord d'un cours d'eau, et d'un couple de cerfs au bord d'un lac près cascade, sont cernées tout autour d'un entourage de laque rouge ciselé, de rosaces inscrites dans des hexagones (imitant le laque de Pékin. Incrustations de paillons minuscules en or. *XVIII° siècle.*

131 — **Inrô laque noir et or**, cinq cases, décoré en haut relief de laque d'or de deux sorbiers à fruits en corail rouge. *XVIII° siècle.*

132 — **Inrô laque d'or uni**, cinq cases, représentant en relief de laque d'or des harengs, raie, pieuvre, cyprin, etc., nageant au milieu de vagues. *XVIII° siècle.*

133 — **Inrô laque brun, noir et or**, cinq cases, se coulant dans un entourage en laque noir et or formant étui ajouré sur deux faces et aux extrémités par lesquelles entre l'inrô. Décor sur brun clair imperceptiblement poudré or d'arbrisseaux à grappes pailletées d'or, grimpant à un treillage de bambous, auprès tronc d'arbre à partie supérieure en cuvette contenant de l'eau. Minuscules paillons d'or. L'entourage est décoré en laque d'or, à plat, d'une compagnie de petits oiseaux volant sur fond noir. **Commencement du XIX siècle.**

134 — **Inrô bois naturel et laque d'or à quatre tiroirs minuscules** se tirant sur le côté et maintenus par une coulisse en bois qui les enferme. Les faces et les côtés sont parquetés de carrelage de bois dont les veines sont disposées verticalement et horizontalement. Décor en laque d'or d'une extrémité de filet de pêcheur séchant, élevé par une poulie en laque d'or : hirondelle de mer volant au clair de lune. **Fin du XVIII siècle.**

135 — **Inrô lenticulaire bois laqué or** de différents tons. Coq, poule et poussin. **XIX siècle.**

PEIGNES

136 — **Grand peigne laque d'or**, en relief, rectangulaire, à sommet cintré (Philémon et Baucis). La vieille Takasago et son mari. Vieux couple de fidélité portant balai, râteau, près grand pin ; au revers, grande grue volant et tortue marine. (**Long. 0 m. 13. XVIII siècle.**

137 — **Grand peigne en ivoire même forme,** incrusté à plat d'un buisson de fines tiges de bambous à longues feuilles. Autour et dessous sont, volant ou posées, de nombreuses mouches à tons polychromes formant irisations. Travail d'incrustation en écaille à reflets dorés, nacre et ivoire de couleurs. (*Long. 0 m. 11.*) *XVIIIe siècle.*

138 — **Peigne étroit en ivoire, même forme.** Incrustations en fort relief d'attributs de Daïkokou en écaille, malachite, corail, nacre, aventurine, paillon d'or, ivoire. (*Long. 0m. 105. Signature. Shibayama. C^t XIXe siècle.*

BOIS

BOIS NATURELS, LAQUÉS OU INCRUSTÉS

139 — **Petite Pagode laque noire, aventurine et or,** avec
tiroirs à l'intérieur fermée par une porte à deux battants et
toit aux extrémités recourbées.

Parties laquées noir et aventurine, décorées, en laque d'or
en relief, dessus, autour et à l'intérieur, de grues, d'oiseaux,
de pins, d'érables, de bambous et d'ornements. Fermeture
papillons et poignées en argent. *Haut. 0 m. 17.* **Fin du
XVIII siècle.**

140 — **Boîte bois naturel décorée en laque d'or et incrustations,** rectangulaire veinée de stries nuageuses, décorée
dessus et autour de nombreux coquillages et d'oiseaux
incrustés en relief de matières dures polychromes et de
rehauts en laque d'or de vagues et de pins. Intérieur et
dessous aventurinés. *Signature : Shibayama Long. 0 m. 16;
haut. 0 m. 11.* **Fin du XVIII siècle.**

141 — **Bonbonnière bois naturel laqué or,** striée de veines
noires imitant les sinuosités d'un cours d'eau, décorée finement de tortues nageant en laque d'or. *(Diamètre 0m. 08.)*
Fin du XVIII siècle.

142 — **Grand cabinet bois naturel**, rectangulaire, dont les extrémités des quatre côtés se terminent en volutes rentrantes. Incrustations en relief de chauves-souris, de fruits, d'ornements ajourés en jade. Deux tiroirs à l'intérieur, deux autres sur le devant. Encadrement des portes et double poignée en bronze doré. (*Haut. 0 m. 30.*) *Fin du XVIII" siècle.*

143 — **Cachepot bois noir**, rectangulaire, à quatre faces sculptées de paysages animés de personnages en jade blanc ; gravure de grecques aux angles. (*Haut. 0 m. 15.*) *XIXe siècle.*

144 — **Deux tubes bambou, décor or et incrustations**, sections de bambou laqué autour en or en relief.

1" D'un décor de paysages agrestes animé de personnages somptueusement vêtus.

2° D'un sujet analogue avec partie de bateau.

Les chairs des personnages et les fleurs sont réservées en relief de matières précieuses polychromes. Sur les collines, aux arbres de fins pavages de pépites carrées en or. Socles circulaires tripodes en porcelaine, à dessus imitant l'émail cloisonné autour zones d'ornements en or et argent ; pieds têtes de chimères blanches.

Très beau travail d'incrustations et d'or uni à l'aspect métallique. (*Haut. 0 m. 18 ; avec socle 0 m. 25.*) *XIXe siècle.*

145 — **Grande boîte bois naturel incrustations et laque d'or**, rectangulaire avec couvercle, plateau mobile à l'intérieur et tiroir s'ouvrant sur le côté. Cette boîte offre des panneaux en creux, incrustés en relief de pivoines, de papillons et d'ornements en nacre et ivoire polychromé, entièrement gravés de grecques. Un papillon d'argent oxydé

à charnières sert de poignée pour ouvrir le tiroir. L'intérieur du couvercle fond laque noir est décoré en haut relief d'une grande grue en laque d'or, volant au-dessus des vagues. (*Long. 0 m.295 ; larg. 0m, 23 ; haut. 0 m. 155.* **XIXe siècle.**

146 — **Petite boîte bois jaune,** circulaire à veines brunâtres renfermant sept autres petites boîtes cylindriques en bois d'essences différentes. (*Diamètre de la grande boîte 0 m. 11 ; diamètre de chaque petite boîte 0 m. 03.*) **XIXe siècle.**

147 *a* — **Une boîte carrée vannerie laquée noir et incrustée de burgauté,** sur fond laqué noir, scènes de poésies légendaires et ornements incrustés d'un fin burgauté. Réserve sur les quatre côtés de vannerie (*Haut. 0 m. 08 ; larg. 0 m. 15.*)

147 *b* — **Boîte à gants longue et mince entièrement recouverte,** incrustations de nacre et burgauté finement exécutées de combats de cavalerie près château fort et d'ornements, fleurs et oiseaux stylisés (*Long. 0 m. 315 ; haut. 0 m. 08 ; larg. 0 m. 095.*) **Travail tonkinois.**

147 *c* — **Deux plateaux carrés très creux. angles arrondis,** garnitures argent, même genre de travail que le n° 147 *b.* (*Larg. 0 m. 245 ; haut. 0 m. 07.*) **Pièces provenant de l'exposition d'Hanoï.**

147 *d* — **Vieille racine de bois en forme de bateau,** sculpté et ajouré de vingt-cinq philosophes minuscules conversant dessus et ombragés par des pins géants tortueux socle bois sculpté (*Long. 0 m. 32 ; hauteur totale 0 m. 185.*

147 *e* — **Une boîte carrée entièrement recouverte,** fin travail tonkinois d'incrustations de burgauté. (*Larg. 0 m. 235 ; haut. 0 m. 07*).

ÉMAUX CLOISONNÉS

CHINE

**148 — Garniture de trois pièces. Brûle-parfums et deux
cornets en émaux cloisonnés, avec socle bois.**

1" Brûle-parfums rectangulaire à arêtes aux angles et au
milieu de chaque face; anses verticales et arrondies;
couvercle ajouré à Chien de Fô assis, posant la patte sur
une boule; pieds recourbés. — Décor sur fond turquoise
de grecques (leï ouen) de visages de Taotié à yeux polychromés. Gravure en creux de fines grecques. Grand socle
bois entièrement ajouré de rinceaux (*Haut. 0 m. 355;
hauteur totale 0 m. 43.*)

2" Deux cornets quadrilatéraux, même décor, mêmes
gravures socles bois, ajourés (*Haut. 0 m. 30; Hauteur
totale 0 m. 36.*) **Époque des Ming.**

**149 — Très grande coupe creuse en émaux
cloisonnés.** Large marli à six lobes; centre creux cylindrique décoré d'un paysage où se voit un Temple et dans
les nuages trois personnages; le tout entouré de fleurs
aquatiques, rinceaux, etc. Dessous décoration de chevaux,
rochers. fleurs, etc. Pièce en émail turquoise à parties
polychromées. (*Diam. 0 m. 55.*) **Époque des Ming.**

150 — **Grand vase rituel en émaux cloisonnés**, balustre couvert, à une anse verticale, arrondie, élevée au-dessus de l'orifice du vase; monture socle bois duquel part un entourage en bois encadrant entièrement la pièce sur les côtés. Vase forme ovale à arêtes saillantes aux deux faces et aux deux côtés; mascarons aux faces et aux deux naissances de l'anse; parties non émaillées en bronze doré. Émail bleu turquoise à parties polychromées; cloisons de Taotié, de chiens, et de figures allégoriques. *(Hauteur du vase 0 m. 38 ; hauteur totale à l'anse 0 m. 55. **Reproduction d'un vase du culte d'une très ancienne époque. XVIII*e* siècle.**

JAPON

151 — **Deux plateaux émaux cloisonnés**, disques à fonds concaves, turquoise, représentant femmes et dragon, faisan et pivoines. *(Diam. 0 m. 30.)* **XIX*e* siècle.**

152 — **Grosse sphère émaux cloisonnés**, tripode, à couvercle à gros boutons. Admirable travail de cloisonné or, argent et bronze. Pièce décorée de zones différentes avec parties finement aventurinées et imperceptiblement filigranées; décorée de médaillons d'oiseaux et de fleurs. Chute inférieure où se voient des dragons, des oiseaux stylisés *(haut. 0 m. 31 ; diam. 0 m. 25.* **Cette pièce et les quatre numéros suivants sont des pièces originales ayant figuré à l'exposition de Paris 1878.**

153 — **Deux vases émaux cloisonnés**, dont un avec couvercle, ovoïdes à piédouches à cols à profil de losanges, pouvant faire garnitures avec la pièce précédente. *(Hauteur du vase couvert 0 m. 45.)* **Même travail que ci-dessus. XIX*e* siècle.**

154 — **Deux vases émaux cloisonnés**, forme olive, *(Haut. 0 m. 20.) Même travail. XIXe siècle.*

155 — **Pot à thé émaux cloisonnés**, à huit faces triangulaires et quatre quadrilatérales. décoré d'oiseaux de Hô, de dragon, de fleurs, d'insectes. Bouton d'or ciselé. *Haut. 0 m. 16.) Même travail. XIXe siècle.*

156 — **Deux beaux vases émaux cloisonnés.** balustre, ovoïdes, à cols évasés décorés de fleurs, insectes et ornements sur fond uni turquoise et rose. *(Haut. 0 m. 40.) Même genre de travail. XIXe siècle.*

157 — **Petite jardinière émaux cloisonnés.** sphérique, décorée, sur fond turquoise, d'insectes, volubilis, etc. *Diam. 0 m. 08.' XIXe siècle.*

158 — **Grand plateau ovale émail cloisonné**, très finement cloisonné de rinceaux quadrillés, rosaces, d'ornements et de fleurs rechampis d'émaux polychrómés sur fond turquoise. brun, violet. etc. Dessous cloisonné de rinceaux sur turquoise. *(Long. 0 m. 45 ; larg. 0 m. 325.) XIXe siècle.*

N° 150

CÉRAMIQUE DE LA CHINE

PORCELAINE

159 — **Cornet cylindrique**, à orifice un peu évasé, fond blanc, décoré, en bleu et émaux polychromes, de philosophes portant attributs et se dirigeant vers un saint personnage qui descend du ciel assis sur une grue : nuages blancs cernés brun, rochers bleus, herbes vertes. Zones de grenades et de fleurs. *Haut. 0 m. 41.* **Époque des Ming**.

160 — **Grand plat blanc et bleu**, à disque central et à douze réserves rayonnant du centre au marli ; décoration de motifs de fleurs entourés de quadrillés (fendu . Au-dessous, en bleu, marque d'une pierre sonore enrubannée. (*Diam. 0 m. 40.*) **Époque Kanghi**.

161 — **Jardinière cylindrique bleu et blanc**. Philosophe et seigneur à cheval et leur suite. *Haut. 0 m. 20.* **Kanghi**.

162 — **Grand plat creux**, fond blanc, décoré d'arbrisseaux fleuris polychromes, rehauts d'or. (*Diam. 0 m. 305.*) **Kanghi**.

163 — **Deux grands plats**, fond blanc décoré polychrome de pivoines, bambous, rehauts d'or. (*Diam. 0 m. 39.*) *Kanghi.*

164 — **Bouteille blanc crémeux**, à deux anses silhouettées dragons, gravée en relief d'un dragon dans les nuages et perle sacrée ; grecques à l'orifice. (*Haut. 0 m. 29.*) *XVIIIe siècle.*

165 — **Très beau bol campanulé**, fond bleu de cobalt à reflet métallique (clair de lune). Réserves de dragons impériaux et de nuages réchampis en émaux verts. Au centre du bol, même décor, au milieu du fond blanc. (*Diam. 0 m. 14.*) *Marque Kanghi.*

166 — **Théière turquoise**, forme persane, à deux faces aplaties, côtelée, le bec à sept petits lobes formant bourrelet, anse métal. (*Haut. 0 m. 15.*) *XVIIIe siècle.*

167 — **Petite bouteille turquoise**, balustre, à orifice évasé, grêlure dans la pâte, formant de nombreux points plus foncés. (*Haut. 0 m. 14.*) *XVIIIe siècle.*

168 — **Bouteille turquoise**, balustre, imperceptiblement truitée. (*Haut. 0 m. 16.*) *XVIIIe siècle.*

169 — **Grande bouteille turquoise**. (*Haut. 0 m. 29.*)

170 — **Vase à épaulement renflé sang de bœuf**, concave vers la base, petit orifice à ton jaune ivoire ; socle bois sculpté ajouré. (*Haut. 0 m. 15 : avec socle 0 m. 18.*)

171 — **Vase sang de bœuf**, balustre, équilatéral, mascarons socle. (*Haut. 0 m. 21 : Hauteur totale 0 m. 25.*) *XVIIIe siècle.*

172 — **Grande bouteille sang de bœuf,** à grosse panse sphérique, long col, orifice évasé. (*Haut. 0 m. 45.) XVIIIe siècle.*

173 — **Grande bouteille rouge.** à fines taches violacées. (*Haut. 0 m. 30.) XVIIIe siècle.*

174 — **Deux pots à gingembre,** forme boules, couvercles aplatis, fond blanc, décorés de lambrequins, pivoines polychromes et de zones vertes. (*Haut 0 m. 24. XVIIIe siècle.*

175 — **Potiche couverte jaune brun métallique,** réserves blanches en formes de feuilles décorées de branches de pivoines polychromes. Couvercle à bouton pointu, même décor (*Haut. 0 m. 29). XVIIIe siècle.*

176 — **Petite gourde craquelée** (*Haut. 0 m. 14. XVIIIe siècle.*

177 — **Gros vase à panse sphérique,** finissant en large orifice cylindrique. mascarons à anneaux fixes: décoré de Fonghoang, de fleurs, de feuillages à tons doux d'émaux à reflets cernés bleu pâle. (*Haut. 0 m. 30.) Youngtching.*

178 — **Petite jardinière.** turbinée décorée en tons adoucis de fleurs, de feuilles, de rinceaux. (*Haut. 0 m. 08; diam. 0 m. 14.) Youngtching.*

179 — **Petit vase hexagonal,** épaulement à facettes triangulaires, large orifice décoré d'ornements. Mêmes tons. *Youngtching.*

180 — **Petit melon.** Jardinière à huit double-côtes lobées, séparées par huit dentelures, décorée de longues bandes d'ornements parallèles, mêmes tons. (*Haut. 0 m. 10 ; diam. 0 m. 11.) Youngtching.*

181 — **Bouteille balustre**, fond blanc, décorée en bleu de dragons impériaux et de vagues imbriquées, rehaussés de tons polychromes. (*Haut. 0 m. 28.*) **Marque Youngtching.**

182 — **Vase ovoïde,** élancé fond blanc avec un décor de scène d'intérieur : jeune homme présentant une branche à une poétesse écrivant à une table. Composition dans le style de l'époque youngtching.

183 — **Bol avec présentoir à rosaces ajourées remplies par l'émail.** Décoration de cinq chauves-souris et d'un caractère sigillaire rond porte-bonheur. Zones bleues à décor réservé en blanc.

Au corps du Bol les parties ajourées forment reliefs d'émail. (*Haut. 0 m. 08.*) **Cachet Kienlong.**

184 — **Petite tasse,** même décoration que ci-dessus. **Cachet Kienlong.**

185 — **Flacon forme olive,** faces aplaties, petit goulot, finement décoré de deux cartels de mandarins et d'enfants dans paysages cernés de tous côtés par une zone fond jaunâtre. Décor polychrome et bleu à rehauts d'or. (*Haut. 0 m. 14*). **Époque Kienlong.**

186 — **Porte-chapeau à partie supérieure mobile** ajourée tournant sur un pivot, au sommet d'un double socle. Très finement décoré polychrome, en émaux fixes d'ornements divers quadrillés, de chauves-souris, de caractères du bonheur et de longévité de forme sigillaire ronde. Quatre arêtes ajourées aux angles et quatre à la base du milieu qui est réticulée de rosaces et d'entrelacs à jours. (*Haut. 0 m. 35.*) **Époque Kienlong.**

187 — **Grand brûle-parfums**, sans couvercle balustre, circulaire, tripode, anses relevées et s'écartant. Décoré sur blanc de grecques, fleurs et attributs à rehauts d'or. A la zone supérieure dans un rectangle doré, *cachet de Kienlong*. Socle en bois trépied à extrémités lobées (*Haut. 0 m. 27 ; hauteur totale 0 m. 345.*)

188 — **Bonbonnière sphérique aplatie**, réserves en blanc décorées de jeux d'enfants et de fleurs, cernés d'encadrement en rouge rehaussés de rinceaux en or. Intérieur et dessous vert clair. (*Haut. 0 m. 056 ; diam. 0 m. 09*) *Époque Kienlong*.

189 — **Tube hexagonal**, cartels en creux de fleurs et poésies cernés en relief autour de rouge strié de noir imitant les veines du bois : trois petits pieds. Rehauts d'or : intérieur et dessous vert d'eau. (*Haut. 0 m. 09.*)

190 — **Deux chiens de Fo turquoise**, mâle et femelle assis, ayant une patte posée sur une boule ou sur un petit chien. (*Haut. 0 m. 18.*) *XVIII⁰ siècle*.

191 — **Gros vase flammé**, balustre rectangulaire à orifice quadrilobé et anses formées par deux petits tubes, fond jaunâtre craquelé : coulées rouges et bleues verticales. Disques en relief sur les deux faces. (*Haut. 0 m. 31*). *Cachet Kienlong*.

192 — **Jardinière grosse pêche flammée**, accolée d'une grande chauve-souris à ailes éployées dépassant les extrémités de la jardinière et semblant former deux anses, flammé rouge bleu, reliefs en tons jaunâtres. (*Larg. 0 m. 11. Époque Kienlong*.

193 — **Grosse bouteille flammée** à grosse panse sphérique écrasée, large orifice à bourrelet, flammée de coulées polychromes sur fond jaune ivoire à larges craquelures. (*Haut. 0 m. 35.* *Époque Kienlong*.

194 — **Bouteille jaune,** balustre ovoïde, orifice évasé, fond jaune impérial, mascarons à anneaux mobiles, collerette dentelée à la gorge; décoration et gravure de grecques et de têtes de chimères polychromes. *(Haut. 0 m. 31.)*

195 — **Bouteille céladonée pâle,** gravée en blanc d'arbrisseau fleuri. *(Haut. 0 m. 18.)* **Epoque Kienlong.**

196 — **Bouteille vert olive** truité. *(Haut. 0 m. 20.)* **Même époque.**

197 — **Grande bouteille jaspée** brun et taches claires. *(Haut. 0 m. 32.)* **Même époque.**

198 — **Grosse bouteille brun manganèse granité,** deux mascarons à têtes de chimères à anneaux fixes. *(Haut. 0 m. 35.)* **Cachet Kienlong.**

199 — **Grosse bouteille bleu pâle,** panse très surbaissée circulaire, long col cerclé d'étroites couronnes en relief, orifice très évasé. *Haut. 0 m. 35.* **Même époque.**

200 — **Deux vases gros bleu,** balustres ovoïdes, orifice évasé. *Haut. 0 m. 32.* **Même époque.**

201 — **Grosse bouteille gros bleu,** sphérique, à col cylindrique. *Haut. 0 m. 30.* **Même époque.**

202 — **Vase fond rouge,** balustre rectangulaire, à mascarons têtes d'éléphants: décoré en bleu de signes du bonheur, de chimères, fleurs, palmes, grecques, rehaussés de vert et de jaune. *(Haut. 0 m. 25.)* **Reproduction d'un ancien vase rituel.**

203 — **Grand vase** hexagone céladoné et craquelé aux angles, décoré en bleu et rouge de cuivre. Médaillons rentrants ornés de poésies sur les fleurs, les paysages, les oiseaux. Toutes les poésies sont signées. *(Haut. 0 m. 45.)* **Cachet Kienlong.**

204 — **Gros vase décor bleu et rouge de cuivre**, ovale à
faces aplaties, deux mascarons têtes de cerfs en relief, décoré
sur fond blanc de dragons dans les nuages dont l'haleine exhale
un dragon et un poisson dans les eaux. *(Haut. 0 m. 30.)*
XVIII⁰ siècle. Reproduction d'une pièce plus ancienne.

205 — **Deux cylindres jaune impérial**, parties ajourées,
quadrilobées. décorés de nombreux chiens de Fô gravés et
polychromés au-dessus de vagues écumantes et imbriquées
à la base. *(Haut. 0 m. 27.) Époque Kienlong.*

206 — **Cage à cricri**, formée d'un cube quadrangulaire recouvert entièrement par son couvercle à quatre faces. La partie supérieure est ajourée d'une rosace. La base en vert
d'eau et bleu ; le couvercle est décoré en réserves de cartels
de personnages et fleurs ; le dessous et les angles en rouge
à rehauts d'or. *Haut. 0 m. 05. Époque Kiaking ; même
décoration qu'à l'époque Kienlong.*

207 — **Vase cylindrique**. épaulement et base arrondis, décoré,
dans le style de l'époque Kienlong, de fleurs. d'ornements,
d'attributs. de chauves-souris, swastikas. pierres sonores,
et fleurs stylisés en polychrome. *Haut. 0 m. 20. Cachet
Kiaking.*

208 — **Coupe vert d'eau à bouton de jade**. circulaire. mi-
sphérique. tripode, anses recourbées remontantes à arêtes,
couvercle bois à bouton de jade : décorée sur fond vert d'eau
d'attributs, d'ornements stylisés. Couvercle bois gravure en
relief et ajourée de grecques ; bouton de jade blanc entièrement ciselé et ajouré, fouillé d'une famille de cerfs broutant
dans une forêt. Admirable travail de patience et d'habileté
dans le genre du n° 8. *Haut. 0 m. 19. Dessous. cachet de
Kiaking. Même genre de décoration que précédemment.*

209 — **Potiche boule jaune impérial**, orifice rétréci, couverte. Gravure en creux de dragons impériaux, de nuages, de vagues, de chauves-souris, porte-bonheur réchampis en vert. (*Haut. 0 m. 25.*) *Cachet Kiaking*.

210 — **Coupe basse rouge et argent oxydé**, creux intérieur argent oxydé, décor extérieur rouge ciselé de grecques et d'étoiles entrelacées, imitant le laque de Pékin. (*Haut. 0 m. 05 ; diam. 0 m. 12.*) *Commencement du XIXe siècle*.

211 — **Coupe Tsio blanche**, tripode, en forme de casque renversé reposant sur trois pieds à mascarons ; masques de chimères. Zones de grecques gravées ; anse au milieu. (*Haut. 0 m. 065. XIXe siècle*.

212 — **Grande bouteille à panse ovoïde**, décoration influencée de l'époque de Kienlong. A la panse sur fond blanc fins décors de cortège d'enfants, portant un immense dragon avec accompagnement d'orchestre, de bannières, d'attributs, passant sur un pont bombé où se trouve un immense pin. Le col, sur fond vert jaunâtre, est décoré de fleurs, de feuillages et de caractères du bonheur. Intérieur et dessous en vert tendre. *Haut. 0 m. 33.* *Cachet Kiaking*.

213 — **Deux bols**, octogones, intérieur vert d'eau ; extérieur blanc décoré de chasse à courre au cerf : talon décoré de grecques bleues. Socle bois à pans ajourés. (*Larg. 0 m. 18 ; hauteur totale 0 m. 11.*) *Cachet Kiaking*.

214 — **Potiche non couverte**, ovoïde, fond blanc décoré en émaux verts des huit attributs du bonheur, de zones, de dragons impériaux, de perles et de nuages. Reproduction d'une pièce très ancienne. (*Haut. 0 m. 19.*) *Commencement du XIXe siècle*.

214 *bis* — **Bol octogone campanulé** bleu et blanc. Paysage. Marque en dessous en bleu. (*Diam. 0 m. 16.5.*) **Reproduction**.

215 — **Deux grands vases balustres** épaulement élevé, orifice évasé en grès mat émaillé blanc craquelé et réserves en biscuit brun. Décors de combats de cavalerie et d'infanterie. Réserves. en biscuit brun, de zones de grecques et d'ornements à l'orifice, à l'épaulement, à la base, aux oreilles. *Haut. 0 m. 45.* **Cachet creux en biscuit, dessous**.

216 — **Vase. col allongé**. reliefs de salamandres. Même fabrication. (*Haut. 0 m. 30.*)

217 — **Deux vases** balustre, épaulement élevé, concaves vers la base. Même fabrication. *Haut. 0 m. 25.*

218 — **Bol jaune** campanulé, à réserves de grosses fleurs et feuillages polychromes cernés en noir. Intérieur. les cinq chauves-souris du bonheur. *Haut. 0 m. 45.* **Cachet Taokouang**.

219 — **Coupe fond rose** quadrilobée: intérieur et dessous vert. décorée d'oiseaux. de fleurs et feuillages stylisés. de caractères du bonheur à rehauts d'or. *Haut. 0 m. 08 : long. 0 m. 22.* **Cachet Tongtché**.

220 — **Gros bol couvert vert et rose**. sphérique aplati. décoré de fleurs et feuillages. chauves-souris. signes du bonheur en tons polychromes. (*Haut. 0 m. 135 : diam. 0 m. 16.*) **Cachet Tongtché**.

221 — **Deux grandes gourdes** à grands disques centraux. à faces aplaties. gorge à profil concave. anses sinueuses. décorées au centre de médaillons d'oiseaux. de fleurs, entourés de

zones circulaires de fleurs stylisées et d'ornements divers ; à la gorge, autour et à la base décoration de grues, nuages et ornements. (*Haut. 0 m. 10 ; Diamètre des disques 0 m. 285.*) **Marque Kuangsiu.**

222 — **Trois tasses** dont une avec présentoir, verte, bleue, rose à réserves de fleurs et oiseaux. **Marque Kuangsiu.**

223 — **Deux tasses avec présentoirs** (style de l'époque Kienlong) décorées, sur blanc et vert d'eau, d'oiseaux, de branches fleuries en émaux polychromes fixes. **Marque Kuangsiu.**

223 *bis* — **Deux théières et soucoupes blanches** à branchages fleuris polychromes en relief. **Reproduction d'ancien.**

224 — **Plat creux** décoré d'ornements stylisés en rouge et de fleurs. Au marli signes de bonheur et de longévité en caractères sigillaires carrés. *Diam. 0 m. 21.* **Marque Kuangsiu.**

225 — **Cinq coupes** fond blanc, oiseaux et fleurs.

226 — **Six coupes** fond rose, oiseaux et fleurs.

227 — **Quatre coupes** fond vert d'eau, oiseaux et fleurs.

228 — **Deux coupes** fond bleu, oiseaux et fleurs.

229 — **Deux coupes** fond rouge et vert, oiseaux et fleurs.

230 — **Deux coupes** fond jaune, oiseaux et fleurs.
Ces vingt et une coupes portent la marque Kuangsiu et ont 0 m. 16 de diamètre.

231 — **Une autre coupe,** fond blanc, décorée en rouge de signes du bonheur, de chauves-souris, fleurs, **marquée Kuangsiu.** à 0 m. 17 de diamètre.

232 — **Six bols**, décors polychromes de fleurs et ornements.

233 — **Deux coupes creuses** à décor dit « Mandarins »; scènes familiales au centre, entourées de cartels divers. (*Diam. 0 m. 20. Commencement du XIXe siècle.*

234 — **Deux bols blancs**, fleurs polychromes. *Diam. 0 m. 15.) Commencement du XIXe siècle.*

235 — **Six assiettes**, recouvertes de décors polychromes. Caractères du bonheur entourés d'attributs, dragons, éventails, papillons, animaux divers. *Porcelaine dite de Canton. XIXe siècle.*

CÉRAMIQUE DU JAPON

236 — **Grès de Bizen. Brûle-parfums,** grès brun-manganèse. Masque de Chien de Fô à longue draperie dessous laquelle sort en riant un Hotei debout. Entre les mâchoires du masque apparaît le visage riant d'un jeune garçon dont les pieds dépassent au bas de la draperie. *(Haut. 0 m. 17 ; long. 0 m. 22.) Bizen. XVIII siècle.*

237 — **Kioto. Bouteille à saké,** piriforme, à col mince et allongé ; ton fauve foncé truité, décoré en émaux de pin et bambous, rehauts d'or. *Haut. 0m.19. Kioto. XVIII siècle.*

238 — **Deux grandes potiches octogones couvertes** en porcelaine d'Imari à décor dit « chrysanthémo-pæonnien », décorées, en bleu et polychrome à rehauts d'or, d'oiseaux de Hô, de chrysanthèmes, de pivoines, d'ornements. Couvercles chiens de Fô sur rocher. *Haut. 0 m. 64 et 0 m. 62. Imari. XVIII siècle.*

239 — **Trois potiches couvertes et deux cornets,** même genre de décors. *(Hauteur des potiches 0 m. 46 ; hauteur des cornets 0 m. 32. Imari. XVIII siècle.*

240 — **Trois potiches couvertes et deux cornets.** Même genre de décors. *Hauteur des potiches 0 m. 54 ; hauteur des cornets 0 m. 33. Imari, XVIII siècle.*

241 — **Grand cornet à** huit pans. Même genre de décors.
(*Haut. 0 m. 41.) Imari, XVIII* siècle.*

242 — **Très grande potiche couverte.** Même genre de
décors. (*Haut. 0 m. 55.) Imari, XVIII* siècle.*

243 — **Satsuma. Vase** balustre à épaulement élevé arrondi ;
concave vers la base ; gorge à orifice évasé ; anses carrées
à anneaux mobiles. Cette pièce, de ton ivoirin, est imperceptiblement truitée. Décoration de méandres bleus
simulant des cours d'eau sur lesquels surnagent de fins
bouquets de chrysanthèmes polychromes à rehauts de
filets d'or. *Haut. 0 m. 25.) Fin du XVIII* siècle.*

244 — **Satsuma. Brûle-parfums** formé d'une jardinière
rectangulaire à deux anses mascarons ; couvercle toit avec
parties ajourées. Ton ivoire mat entièrement décoré d'or
imitant le filigrané, de grecques, de fleurs, de rinceaux, de
deux cartels fleuris et de quelques mons des Tokougawa.
Haut. 0 m. 17 ; long. 0 m. 16. XVIII siècle.*

245 — **Satsuma, décoré à Kioto. Deux vases cylindriques,** représentant deux sections de bambou élevées
sur panses cylindriques renflées. Fins décors polychromes
de zones d'ornements, d'animaux, d'oiseaux volant
dans les bambous enlacés de branches de pivoines,
de papillons volant sur fond de résilles. Tout le décor est
élégamment rehaussé d'or. *Haut. 0 m. 255. XIX* siècle.*

246 — **Même fabrique. Paire de potiches.** couvercles à
Chiens de Fô, décorées de zones, d'ornements, de cartels.
de personnages et de fleurs. (*Haut. 0 m. 49.) XIX* siècle.*

247 — **Même fabrique. Grand plateau**, décoré au centre du Mon des Tokougawa d'où rayonnent, en forme d'éclairs, des bandes brisées recouvrant en partie des éventails de formes différentes. Le tout agrémenté d'ornements, oiseaux, fleurs à beaux rehauts d'or. (*Diam. 0 m. 39.*) *XIX° siècle.*

248 — **Owari. Gourde à large orifice**, décorée en bleu sur blanc de zones horizontales et en spirales, de grecques, de fleurs, d'oiseaux, d'imbrications, de quadrillés, de poésies. (*Haut. 0 m. 20,5.*) *Marquée dessous. Époque Bounkwa. Commencement du XIX° siècle.*

2 49 — **Awadji. Petit plateau jaune**, rectangulaire, à angles coupés, gravé d'oiseaux de Hô et de fleurs, réchampis en manganèse et oxyde de cuivre. (*Long. 0 m. 22.*) *Commencement du XIX° siècle.*

250 — **Kaga. Grande gourde rouge**, couverte, décorée de grecques, d'ornements rayonnants, de semis de fleurettes, de perles, de grosses pivoines en polychrome; rehauts d'or. *Haut. 0 m. 16.*) *Province de Koutani. XIX° siècle.*

251 — **Kaga Grand gobelet** cylindrique à piédouche, rouge et or, décoré à l'intérieur de vingt-sept philosophes sur fond d'or et à l'extérieur en réserves de cartels de personnages nobles, de fruits, de feuillages, d'oiseaux cernés par des espaces irréguliers en rouge décoré en or. *Haut. 0 m. 17,5.* *Province de Koutani, XIX° siècle.*

252 **Poterie de Banko. Lanterne** basse à cinq fenêtres et porte mobile ajourés; toiture à bouton piriforme ajouré au sommet pour suspendre la lanterne. Décor polychrome

Oiseau de Hô dans les nuages, ornements divers entre les fenêtres, imbrication aux six pieds triangulaires lobés. **Au-dessous** cachets en creux de Banko et de Rakou et décor de chimère dans les nuages. *(Haut. 0 m. 26 ; larg. 0 m. 26.)* ***XIX*** *siècle.*

253 — **Poterie de Banko. Boîte rectangulaire,** à recouvrement, décorée sur fond blanc craquelé de sages dans forêt de bambous : autour paysages maritimes *Long. 0 m. 21 ; larg. 0 m. 09.* ***XIX*** *siècle.*

IVOIRE

PIÈCE OFFERTE PAR S. M. TUDUC, EMPEREUR DE COCHINCHINE.

254 — **Défense d'éléphant posée sur un haut socle en bois noir sculpté.** Cette défense mesure 1 m. 06 de longueur à la courbe extérieure. est montée sur un socle en forme de T aux extrémités supérieures relevées.

Elle est entièrement sculptée et ajourée de cortèges impériaux. de combats de cavalerie. de réunions de philosophes et d'autres scènes dans une immense forêt de pins. La pointe est terminée par un Foukouroukoudjiou assis près d'un cerf et tenant en main la pêche de longévité. L'ouverture, à la naissance de la dent, est fermée à l'aide d'une feuille mobile ovale en ivoire entièrement sculptée et ajourée. Vers cet endroit mobile on remarque deux gros crapauds chimériques exhalant des vapeurs dans lesquelles sont deux disques unis gravés de caractères cochinchinois et français. Dans ce dernier on lit gravé en creux : « Tu Duc, empereur de Cochinchine, à Alphonse Bonnal, 1886.»

Le socle d'une hauteur de 0 m. 85 aux extrémités supérieures est en bois noir complètement sculpté et ajouré d'oiseaux, de papillons, de fruits, de fleurs, de rochers. etc.

Hauteur totale 1 m. 10.

N.° 224

IVOIRE JAPONAIS

255 — **Porte-cartes,** monture laque d'or. Rectangle à angles arrondis avec fines incrustations en relief en métaux divers de trois dieux du bonheur patinés rehaussés d'or. Les deux faces sont couvertes de nombreux attributs en relief, incrustés de jade, écaille, corail, nacre, argent et ivoire polychrome très finement gravés et ciselés. Intérieur à compartiment en étoffe verte brodée polychrome et or. ... *(Long. 0 m. 145.) Signé Mounékasu. XIX* siècle.*

256 — **Minuscule cabinet portatif,** ivoire, à poignée, porte et serrure en argent, sculpture en léger relief de crapauds acrobates debout, dansant, marchant sur la corde, jouant avec des singes et crabes, etc. A l'intérieur, deux tiroirs sculptés de crapauds. *(Long. 0 m. 09 ; haut. 0 m. 08.)*

257 — **Section de défense,** formant tube décoré en laque d'or polychrome avec incrustation en relief de matières diverses de couleurs. Jeune homme jouant de la flûte à l'entrée d'une habitation où apparait une jeune femme tenant une lanterne. Les chairs réservées en ivoire. Décor de buisson en laque d'or, de fleurs, d'oiseaux en relief polychromes. *Haut. 0 m. 165 ; diam. 0 m. 11. XIX* siècle.*

258 — **Haute boîte à poudre de riz,** ivoire, cylindrique ; couvercle et plateau mobile à bouton à l'intérieur ; décorée en laque d'or polychrome de personnages, d'oiseaux, de buissons et de branches fleuries avec réserves en incrustations en relief polychromes. *Haut. 0 m. 11 ; diam. 0 m. 11. Ancienne collection Marquis. XIX* siècle.*

259 — **Petite section de défense,** formant tube ovale sur socle tripode laque d'or aventuriné ; décorée en relief de

mouettes polychromes volant au-dessus de vagues se brisant contre des rochers ; socle laqué d'imbrications de vagues. (*Hauteur totale 0 m. 20.*) **XIX° siècle.**

260 — **Bonbonnière** ivoire, quadrilobée, angles rentrants, plateau mobile même forme à l'intérieur ; décoration de panier de fruits, de fleurs en incrustation en relief. *Larg. 0 m. 075 ; haut. 0 m. 02.* **XIX° siècle.**

261 — **Deux hautes et larges sections de défense,** formant tubes, sur socles bois à quatre pieds, sculptés, ajourés. Incrustations en haut relief.

1° Enfants, tapant du tambour, jouant à divers jeux près d'un grand perroquet rouge sur perchoir, à côté d'un haut socle qui supporte un tonnelet, d'où retombent des glycines, et entouré de pousses de bambou et d'un buisson d'hortensia.

2° Enfants jouant aux soldats près un grand érable où est suspendu un gros panier fleuri. *Hauteur de l'ivoire 0 m. 30 ; diam. 0 m. 13 ; hauteur totale 0 m. 395.*

Admirable travail du XIX° siècle, incrusté en relief de matières précieuses polychromes. Socle sculpté de fruits et ornement.

262 — **Petite gourde ivoire en trois parties mobiles enchevêtrées et emboîtées,** formant flacon, à bouchon polychrome retenu à l'intérieur de la gourde par une chaîne à maillons ajourés également en ivoire ; chauves-souris vertes et caractères gravés à la panse et dessous. *Haut. 0 m. 08.* **XIX° siècle.**

263 — **Pot à tabac ivoire,** couvercle à charnière, socle bois. Section de défense cylindrique ovale, gravée et incrustée en polychromie d'oisillons et de nombreux insectes volant et dans diverses positions. Couvercle gravé avec un éléphant en ivoire. Socle et dessous gravés. *Haut. 0 m. 16.* **XIX° siècle.**

264 — Petit meuble ivoire formant cabinet, à tiroirs, coulisses et plateaux. Le dessus, à extrémités relevées, est gravé de deux nobles personnages sur des nattes et jouant de la flûte à plusieurs tubes verticaux sous un pin géant. Les tiroirs, coulisseaux, porte mobile, côtés et dos sont gravés en creux et en relief de personnages, d'oiseaux. de fleurs. Signature. *Haut. 0 m. 165 ; larg. 0 m. 155 ; prof. 0 m. 065.)* **XIXe siècle.**

265 — Tsuitate. Écran en ivoire. panneau vertical se coulissant entre les montants d'une base, aussi en ivoire. qui repose sur deux Chiens de Fô. La face principale est incrustée en relief d'un Pic sur un vieux chêne en laque d'or à glands en nacre, ivoire et pierres de couleurs ; le dos est gravé en léger relief de seize philosophes et de quatre enfants sous un grand pin. Les montants, les encadrements et les côtés sont gravés en relief sur fond creux sablé et uni de fleurs et d'ornements. Incrustations polychromes diverses (*Haut. 0 m. 28 ; larg. 0 m. 20.* **XIXe siècle.**

266 — Groupe de grenouilles en ivoire. Une quarantaine de petites grenouilles blanches et vertes sur rochers en bois avec le Sennin Gama ayant deux batraciens sur son dos. Ces grenouilles se livrent à divers jeux, à la lutte. à la course. à la danse. etc. *Haut. 0 m. 15.* **XIXe siècle.**

267 — Hotte côtelée couverte ivoire d'où semble sortir une moisson de fleurs. A ses côtés sont un vieillard assis bourrant sa pipette et un enfant debout. *Haut. 0 m. 045.* **XIXe siècle. Signé Shizuyoshi.**

268 — Boîte ovale ivoire. formée d'un tambour clouté écaille à couvercle avec enfant assis dessus tenant attributs de danse. Gravure en relief autour de dragons.(*Haut. 0 m.055.* **XIXe siècle.**

269 — **Balle de riz ivoire,** formant boîte recouverte des attributs de Daïkokou. Sur le côté, par une ouverture faite par le rongeur, apparaît un rat dont la partie antérieure rentre et sort. *Haut. 0 m. 04.* **XIX** *siècle.* **Signature Giokounine.**

270 — **Minuscule boîte à fard ivoire,** circulaire, plate, gravée au couvercle d'une femme accroupie épinglant ses cheveux.

271 — **Minuscule boîte à fard ivoire,** rectangulaire, gravée d'insectes divers.

272 — **Six pièces minuscules ivoire :** quatre petits singes et deux enfants tenant divers attributs.

273 — **Diable avec sac.** Il est à cheval sur un grand sac autour duquel jouent à cache-cache des diablotins. *(Haut. 0 m. 105.* **XIX** *siècle.* **Signature Tozan.**

274 — **Mère et enfant ivoire.** Elle élève de la main gauche une friandise à la vue de son enfant et d'un chien tenu en laisse et faisant le beau. *Haut. 0 m. 135.* **XIX** *siècle.* **Signé Hisouaki.**

275 — **Philosophe et enfant.** Ce personnage tient un écran de la main gauche et de la droite une pêche de longévité qu'il marchande à un jeune vendeur ambulant dont le panier rempli de fruits est à leurs pieds. *(Haut. 0. m. 105.* **XIX** *siècle.* **Signé Shozuwa.**

276 — **Personnage obèse et jeune garçon.** Ce personnage barbu, vêtu d'une robe de cérémonie, est assis dans un large fauteuil, près d'une table basse, sur laquelle est posé un

brûle-parfums sans couvercle. Il regarde vers un côté que lui indique avec l'index un jeune homme, debout à son côté. *(Haut. 0 m. 06.) XIX* siècle.*

277 — **Deux guerriers en grand'garde**. Un est debout sur rocher et signale l'approche de l'ennemi à un second assis plus bas. *(Haut. 0 m. 11.) XIX* siècle.*

278 — **Tronc d'arbre creux** couché d'où sort et rentre un bûcheron, ayant en main sa cognée et se tenant la tête malade par le bruit que fait un ôni en frappant sur un petit tambour pour imiter le tonnerre. *(Haut. 0 m. 055; long. 0 m. 07. XIX* siècle. Signature Meiraku.*

279 — **Personnage chauve debout**. riant. poitrine velue. tenant une pêche et un écran, accompagné d'un jeune garçon qui le chatouille avec son index. *XIX* siècle. Signature Chikashighé.*

280 — **Shojo. Personnage à cheveux rouges** retombant sur son dos, assis dans une grande coupe à Saké et ayant sur son épaule droite un seau qu'il maintient des deux mains. *(Haut. 0 m. 04.) XIX* siècle. Signature Yasukoré.*

281 — **Bûcheronne et enfant** revenant de la forêt. Elle porte sur sa tête un lourd fagot en tenant par la main son enfant qui mange un fruit. *(Haut. 0 m. 075.) XIX* siècle. Signature Doho.*

282 — **Hotei accroupi** près de son sac, entouré de quatre enfants occupés diversement. *(Haut. 0 m. 035.) Signé Ono Komin.*

283 — **Marchande de raisin** debout à laquelle parle un enfant. *(Haut. 0 m. 075.) XIX* siècle. Signature Ono Komin.*

284 — **Singes jouant au jeu de gô.** Deux joueurs se grattent et le troisième juge en ajustant son large binocle sur son nez. (*Long. 0 m. 04.*) **XIXe siècle. Signé Massatoshi.**

285 — **Jeune enfant et chat.** Accroupi, le vêtement à revers de minuscules svastikas, il joue avec le félin qui cherche à attraper sa ceinture. (*Haut. 0 m. 04.*) **XIXe siècle.**

286 — **Mère et enfant dans un pousse-pousse**, à roues mobiles, sont assis avec un jouet sur leurs genoux et traînés par un boy qui court. (*Haut. 0 m. 035.*) **XIXe siècle. Signature Ono Komin.**

287 — **Bœuf** conduit à la longe par un jeune garçon et femme assise sur le dos de l'animal. (*Haut. 0 m. 035.*) **XIXe siècle. Signature Komin.**

288 — **Enfants** jouant de la flûte et dansant avec tambour ; sous leurs pieds un masque retourné. (*Haut 0 m. 05.*)

289 — **Éléphant** blanc, caparaçonné avec tapis sur son dos. (*Haut. 0 m. 035.*) **XIXe siècle.**

NETSUKES — BOIS ET IVOIRE

290 — **Pousse de champignons**, sur laquelle se voit en haut relief une araignée en métal patiné. *XIX' siècle. Signé Ichiriki.*

291 — **Petit personnage**, frictionnant le dos d'un crapaud.

292 — **Tortue** sans dos.

293 — **Personnage** debout, allumant sa pipette, entre une lavandière battant son linge et une pileuse de riz. *XIX' siècle.*

294 — **Personnage** debout, portant sur son épaule, à l'aide d'un long bâton, un grand sac sur son dos et, devant, un enfant assis dans une étoffe drapée. *XIX' siècle. Signé Tomochika.*

295 — **Cachet ovale**, gravé de grecques et sculpté de nénuphars où se voient une tortue, une grenouille, un escargot. *XIX' siècle.*

296 — **Vieillard**, accroupi près jatte de saké et tenant un verre à la main droite. *XIX' siècle. Signé Anraku.*

297 — **Jeu de go**. Deux joueurs et deux amateurs jugeant des coups et tenant un éventail et un gobelet. *XVIII' siècle. Signature Norishighé.*

298 — **Jeune femme**, à chevelure retombant sur son dos, accroupie, intriguée à la vue d'une tête de champignon phénoménal qu'elle découvre, sur un miroir à plat, en soulevant une étoffe. *XIX⁰ siècle. Signé Iysaï.*

299 — **Daikokou** accroupi élevant un enfant sur son épaule et tenant un gros maillet. *Signé Ikô.*

300 — **Urne à vin** de laquelle s'échappe un enfant, par une ouverture brisée. *XIX⁰ siècle.*

301 — **Vingtaine de grenouilles et têtards** minuscules assemblés sur feuille de lotus. *XIX⁰ siècle.*

302 — **Coquille bivalve**, entr'ouverte, et à l'intérieur de laquelle on voit un personnage combattant le dragon. *XIX⁰ siècle.*

303 — **Gourde**, de la panse de laquelle s'échappe la partie antérieure d'un cheval. *XIX⁰ siècle.*

304 — **Personnage barbu**, debout, poitrine à l'air, s'appuyant sur un bâton noueux. Reliefs très usés. *XIX⁰ siècle.*

305 — **Danseur de Nô**, debout, élevant sa manche gauche au-dessus de sa tête et tenant un éventail ouvert en sa main droite. *XIX⁰ siècle.*

306 — **Foukourokoudjiou**, debout, élevant un bâton noueux. *XIX⁰. siècle.*

307 — **Cheval** debout, harnaché avec selle, étriers. *XIX⁰ siècle.*

308 — **Bac de passeur**, sur vagues, transbordant onze personnages. *XIX⁰ siècle. Signé Ikosaï.*

MÉTAUX DIVERS

ARGENTERIE

309 — **Un pichet** faïence bleue, monture argent. Le couvercle est formé d'un disque au centre duquel se voit la date 1883 entourée de quatre médailles de têtes couronnées : Empereur d'Autriche, Alexandre de Russie, etc.

310 — **Grande bonbonnière** argent repoussé, mi-sphérique, couverte : grues, nuages, pivoines, rochers en relief. *(Poids 200 gr. ; diam. 0 m. 13.)*

311 — **Coupe** tripode à anse verticale mobile, argent repoussé de caractères musulmans, d'ornements à rinceaux et de fleurs diverses. *Poids 650 gr. ; diam. 0 m. 21.)*

312 — **Grosse boule couverte,** pentalobée, couvercle arrondi, argent repoussé d'oiseaux, d'arbres fleuris aux cinq faces et aux pieds trilobés. *Poids 1750 gr. ; haut. 0 m. 40 ; diam. 0 m. 35.)*

313 — **Bonbonnière couverte,** argent repoussé au couvercle et à la panse d'une chasse à l'ours et aux oiseaux, dans le style persan. *(Poids 300 gr. ; diam. 0 m. 14.)*

314 — **Hibashi. Fourneau surmonté de sa bouilloire**.
Argent massif patiné, martelé, gravé et ciselé en relief de
chrysanthèmes et brindilles, de feuilles dorées emportées par
le vent au-dessus de hautes vagues. Couvercle à cinq lobes,
à dôme rayonnant et ajouré en forme de calice de chrysanthème vu par dessous, sa tige en relief argent doré. Anses
ajourées et anneaux mobiles à la bouilloire et au fourneau.
Grand socle bois naturel à quatre angles rentrants, décoré en
laque d'or de tiges de chrysanthèmes avec brindilles et
feuilles stylisées. *(Poids 1 k. 915 ; haut. 0 m. 23 ; hauteur
totale 0 m. 325 ; largeur aux deux anses 0 m. 23.)*

315 — **Petite boîte rectangulaire**, argent patiné rehaussé de
parties dorées. Très finement gravée en creux et à plat de
buissons et d'arbres fleuris ; haut relief de cailles, martin-
pêcheur, canard, papillon, libellule en métaux patinés.
Ornements stylisés aux pieds. Intérieur et dessus en argent
poli.

Le sujet principal, sur le couvercle, et tous les angles
sont rehaussés de minuscules grecques et rosaces étoilées
finement gravées en creux et dorées. *(Poids 120 gr. ;
long. 0 m. 09 ; haut. 0 m. 07.)* **Beau travail du XIXe siècle.**

316 — **Vase forme olive**, argent patiné violet foncé, martelé,
repoussé de plusieurs pieds de nénuphars et de bambous
en haut relief, réserves en argent et dorées. A l'intérieur,
léger repoussé de fleurs et insectes. *(Poids 145 gr. ;
haut. 0 m. 10.)* **Beau travail du XIXe siècle.**

317 — **Bague d'homme** argent repoussé et émaillé turquoise :
relief de Chien de Fô et attributs divers.

317a — **Un lot de dix instruments de musique minuscules** en argent : flûtes, biwa, shamisen, tambours, etc.

317 *b* — **Un pendentif filigrané argent doré,** formé d'un vase à grande anse à faces aplaties en filigrané à jours avec réserves en turquoise mat. Monture en soie. *(Hauteur du vase avec anse 0 m. 085.)*

BRONZE

318 — **Tonnelet cylindrique à saké,** petit bouchon à chaînette et anse mobile. Gravure en relief de sujets d'enfants jouant, autour un gros vase près pin et porte d'entrée d'habitation; fond de petits hexagones. *Haut. avec anse 0 m. 14.*

318 *bis* — **Brûle-parfums,** bronze sentokou, patine jaune, circulaire, anses dragons ; gravé de signes du bonheur, d'animaux stylisés ; couvercle ajouré de swastikas et d'animaux. Dessous en creux, cachet Taï Ming Siouanté. Trépied bois trilobé. *Diamètre aux anses 0 m. 23; hauteur avec couvercle 0 m. 17 ; hauteur totale 0 m. 22.* **Reproduction de pièce ancienne.**

319 — **Petite Pagode** sur socle bois laqué. Cette Pagode est composée d'une châsse à porte à deux battants, surmontée d'un toit à angles recourbés et sommet feuilles de lotus à gros bouton pointu. La châsse repose sur de grandes feuilles de lotus, entourée d'une galerie à jours qui elle-même couronne le pied à profils de moulures, de plinthes, etc.

Cette pièce est entièrement gravée de lotus, de nuages et d'ornements stylisés.

Le socle en bois laqué est rectangulaire avec galerie ajourée, sur base à profils rentrants et bombés posés sur quatre pieds recourbés. (*Hauteur du bronze 0 m. 255 ; hauteur totale 0 m. 33.*)

320 — **Petit étui porte or**, cylindre en bronze, à couvercle émaillé de bleu, vert, jaune, manganèse, cloisonnés en filigrane. (*Hauteur 0 m. 05 ; diam. 0 m. 03.*)

321 — **Cloche de bonzerie** à anneau mobile, gravée en creux et en relief de caractères symboliques, de cloutés, de visages de Taotié, d'ornements stylisés sur fond de grecques ; dessus bouton ; entre deux têtes de dragons émergeant d'un décor rayonnant. *Hauteur à l'anneau 0 m. 20.*) **Copie d'une vieille cloche de Chine.**

GARDES

322 — **Garde en fer plein**, presque ovale. Grues argent près tambour.

323 — **Garde en fer plein**, presque ovale, fond nuageux, grand dragon en haut relief d'or dont le corps apparaît et disparait alternativement dessous et dessus la garde.

324 — **Garde en fer plein** quadrilobée. Philosophes en bateaux près rochers où sont de grands chrysanthèmes en or ; au loin, temple entre rochers.

325 — **Garde en fer ajouré**, ronde. Cavalier et personnage sur petit pont ; rehauts d'or.

326 — **Garde en fer ajouré**, ronde. Sept sages dans forêt de bambous.

327 — **Garde shibuitshi**, ovale. Coq en or. sur tambour, et sa poule dans les vignes. *Signature : Mori Kounimitsu de Nagasaki*.

328 — **Garde shibuitshi**, ovale. Diable nageant et apportant en une coupe des perles à Shôki dans un bateau près rochers où poussent des branches de pins : rehauts d'or.

329 — **Garde shibuitshi**, ronde. Archer à cheval décochant une flèche à un oiseau ; rehauts d'or.

330 — **Garde shibuitshi**, quadrilobée. Poète au milieu de buissons fleuris près cascade et rivière. Les sujets et le tour de la garde sont rehaussés d'or.

331 — **Garde shibuitshi**, presque carrée. Oiselier debout ayant sous le bras un coq et un autre à terre ; rehauts.

332 — **Garde shibuitshi**, presque carrée. Chien de Fò, papillons, pivoines ; rehauts.

333 — **Petite garde shibuitshi**, ovale. Philosophes minuscules abrités sous rochers au bord de la mer, cascade ; rehauts.

334 — **Petite garde sentokou**. ovale. Branche de courge, fruit en or.

335 — **Garde shakoudo** chagriné. ovale. Cavalier porte-étendard dans les flots à la poursuite d'un guerrier nageant, archer à cheval sur la rive : rehauts.

336 — **Petite garde bronze rouge** chagriné. Tortue nageant, rehauts en or et argent.

KODZOUKA

337 — **Kodzouka fer**. Araignée en relief tissant sa toile où est prise une feuille d'érable en or.

338 — **Kodzouka fer**. Petites grues en relief en métaux divers.

339 — **Kodzouka fer**. Petit personnage courant avec une lance.

340 — **Kodzouka fer**. Sauterelle relief entre buissons fleuris en or.

341 — **Kodzouka shibuitshi**. Liserons en métaux divers.

342 — **Kodzouka shibuitshi**. Légende du voleur d'huile, métaux divers.

343 — **Kodzouka shakoudo**. chagriné. Grand dragon en bronze haut relief.

344 — **Kodzouka shakoudo**. chagriné. Petits oiseaux métaux divers.

345 — **Kodzouka shakoudo**, chagriné. Petits oiseaux et corbeille de fleurs, or, argent et bronze.

346 — **Kodzouka sentakou**. Oiseau nocturne sur branche au-dessus de cascade.

347 — **Kodzouka sentakou**. Philosophe et grue près pin.

348 — **Kodzouka bronze rouge**. Dragon en relief en or, dans la mer, poursuivant une pêcheuse nageant, tenant entre ses bras la perle sacrée ; au revers, poissons gravés. *Signature : Kiyonori*.

349 — **Kodzouka bronze rouge** entièrement recouvert en haut relief de fleurs et feuillages en or.

350 — **Kodzouka bronze rouge**. Divinité entourée de flammes en or.

351 — **Un lot de Menoukis**, quelques-uns à rehauts d'or et signés.

Ce lot sera divisé.

PEINTURES

352 — **Album de 12 miniatures chinoises** sur papier de riz. Scènes d'intérieur à la cour impériale et deux feuilles d'oiseaux. Miniatures en très bel état de conservation.

353 — **Album japonais de 25 peintures** de scènes champêtres, de pêche, de nombreux oiseaux et fleurs, grenouilles, etc.

KAKEMONOS

354 — **Kipo.** Peinture représentant un personnage à l'entrée d'une habitation, recevant une dame accompagnée de serviteurs portant au moyen d'une longue perche, maintenue à l'épaule, un grand panier de présents. Inscription où se lit : Au nouvel automne de l'an Sintseu 1881 écrit dans le cabinet d'études Yihonghiuan, de Hiang-Kiang. Yang Yao-Kouang, surnommé Siné Fang.

355 — **Kipo.** Scènes champêtres. L'année étant aux signes Tchéng Kouang et Ta houang-lo 1881, un jour heureux de la 6ᵉ lune, fait par Yang Yao Kouang. *XIXᵉ siècle.*

356 — **Grand kipo**. Scène de duel.

357 — **Grand kipo**. Combat de cavaliers.

358 — **Grand kipo**. Scène légendaire à rehauts d'or.

359 — **Grand kipo**. Scène familiale autour d'un vieillard assis
sur un loup et tenant élevé un enfant ; rehauts d'or.

DIVERS

360 — **Coquille** formant coupe creuse décorée en laque d'or et polychromée. *(Long. 0 m. 15 ; haut. 0 m.055.)*

361 — **Deux plats en faïence de Savone** décorés d'animaux et fleurs en bleu sur blanc bleuté. *Diam. 0 m. 24.*

362 — **Deux vases porcelaine cloisonnée du Japon** turbinés, polychromes, fleurs et insectes. *Haut. 0 m. 12.)*

363 — **Long couteau** à poignée de jade blanc, dans son fourreau en bois à applications ajourées, sculptées en ivoire teint en vert. L'extrémité de la poignée et les deux bouts du fourreau sont en bronze doré, anneau mobile au fourreau pour l'accrocher. *Long. 0 m. 32.)*

364 — **Très long collier de mandarin** en forme de chapelet, composé de 107 petites boules en noix sculptées et ajourées de philosophes et attributs minuscules. 5 pièces de jade vert d'eau, 20 petites boules de corail, une applique se coulissant et un pendant en cristal vert et trois autres en bleu avec petites montures bronze doré et perles blanches. *Tour du collier 1 m. 60 ; longueur au pendant avec cordon 0 m. 10.*

365 — **Petit écran en pierre brune** (genre ardoise), sculpté de paysage maritime où se trouve en très haut relief ajouré un gros pin tortueux ; mer à flots imbriqués. Au dos, une poésie avec cachets divers en creux. *Haut. 0 m. 20 ; larg. 0 m. 21.*

366 — **Un lot d'étoffe chinoise.**

367 — **Trois paravents modernes.**

MEUBLES DIVERS

368 — Deux grands meubles annamites en bois de deux tons, brun et jaune, formant étagères à compartiments, tiroirs, galeries ajourées, groupes de personnages et dragons en ronde bosse sculptés. Parties supérieures et angles en forme de toits recourbés ; nombreuses parties ajourées et incrustations à plat de paysages et fleurs en ivoire. *Haut. 2 m. 35 ; larg. 1 m. 20 ; prof. 0 m. 50.*

369 — Un meuble tonkinois à compartiments à coulisses, à portes, à tiroirs, entièrement incrusté de nacre gravée d'ornements et de scènes animées de personnages. Parties ajourées sur les panneaux, nombreuses signatures d'artistes graveurs. Socle en bois noir. *Hauteur du meuble 1 m. 65 ; hauteur avec socle 2 m. 05 ; larg. 1 m. 40 ; prof. 0 m. 55.*

Pièce ayant obtenu le diplôme d'honneur à l'Exposition des Sciences et Arts industriels en 1866.

370 — Meuble en bois à 60 tiroirs pour contenir gardes, kodzukas, menoukis, etc., formé d'un corps supérieur à tiroirs à grande porte à deux battants et d'un socle renfermant un grand et profond tiroir. *Haut. 1 m. 33 ; larg. 0 m. 59 ; prof. 0 m. 13.*

371 — 1 Grande vitrine bois noir.

372 — 1 Vitrine de milieu bois noir.

373 — 4 **Casiers étagères bois noir.**

374 — 1 **Vitrine tournante.**

375 — 2 **Meubles cabinets japonais.**

376 — 15 **Supports tabourets japonais.**

377 — 1 **Fauteuil japonais.**

378 — 1 **Chaise japonaise.**

379 — 6 **Étagères d'encoignure japonaises.**

380 — **Objets omis.**

www.ingramcontent.com/pod-product-compliance
Ingram Content Group UK Ltd.
Pitfield, Milton Keynes, MK11 3LW, UK
UKHW031833170726
13836UKWH00004B/1653